「くすぐったい」
「おまえは汗まで甘いのか」　（本文より抜粋）

DARIA BUNKO

秘密の純真オメガと溺愛王

名倉和希

ILLUSTRATION 蓮川 愛

ILLUSTRATION
蓮川 愛

CONTENTS

秘密の純真オメガと溺愛王

「リリ、よく聞きなさい」

床に膝をつき鼻先が触れ合うほどの距離まで顔を寄せた母イリスが、リリのちいさな手をぎゅっと握った。母の後ろには、父エルンストが立っている。父も母も、いままで見たことがないほど厳しい表情になっていた。

この国に、なにか悪いことが起こっている——。

まだ五歳のリリにも、なんとなくわかっていた。

一カ月ほど前から急に城の中が慌ただしくなり、国王である父は重臣たちと執務室にこもることが多くなった。王妃である母は、侍従たちになにやらいろいろと指示をしている。みんなが忙しそうで、リリも落ち着かなかった。すぐに家庭教師が来なくなり、夜は城の地下室で母と就寝するようになった。

「あなたはサリオラたちといっしょに、この城を出ることになりました」

母の言葉に、リリは頷いた。サリオラとは侍従長のことだ。父が子供のころから城に仕えている侍従で、みなが信頼している人物だった。リリも彼のことを好きなので、いっしょに出かけると言われても拒否反応はない。

「どこへ行くのですか？」

「北の森の離宮です」

よく知っている場所だ。リリはさらにホッとした。

「母さまと父さまは、いついらっしゃるのですか？」

両親ともにここのところ忙しそうだったので、休養のために家族でゆっくりすごすのかと思ったのだ。しかし母は首を横に振った。母の銀色の長い髪がさらさらと揺れる。

「母は行きません。父も行きません」

「えっ……」

「私たちとあなたは、ここでお別れです」

すぐには意味が理解できなかった。母の紫色の瞳が涙で潤んだ。

「わがブロムベルグ王国は、もうすぐ滅びます。私たちは責任を取るために残りますが、あなただけは生き延びてほしい。サリオラといっしょに逃げるのです」

国が滅ぶ？　なぜそんなことに？　責任を取るとはどういうこと？

リリが助けを求めて父を見ると、リリとおなじ黒髪黒瞳の彼は寂しく微笑んだ。

「すまない、リリ。私は不甲斐ない国王だった。まさか、西の隣国ダマート王国が攻めてくるとは予想だにしていなかった。同盟こそ結んでいなかったが、友好的に交易していたはずだった……」

父はそのおっとりとした優しげな顔に苦悩を浮かべる。

「先祖から引き継いだ国土を守り切れず、民の命を危険に晒(さら)した。せめて最期はいさぎよく散りたい。けれどまだ幼いリリを道連れにするのは酷だ。イリスが北の森に魔法をかけてくれた。

数年はだれも足を踏み入れることができないように」

イリス様、とサリオラが声をかけてきた。いつのまに入室していたのか。

サリオラは盆を持っていた。その上には水晶の欠片がいくつか置かれている。

「リリ、これを持って」

ひとつを上着の隠しに入れられた。母はサリオラと五人の侍従にもひとつずつ水晶を配る。

「北の森に魔法をかけました。その水晶を所持している者だけが入れます。入ったあと、森の周囲に水晶を置きなさい。結界が完成し、人間を寄せ付けなくなります」

母のイリスは魔法が使える。エルフの末裔(まつえい)だからだ。

かつてこの地にはエルフが住んでいた。彼らはもともと繁殖力が弱く、寿命も短かったという。人間と交配を重ねていくうちに寿命は延びたが特殊な能力は薄まっていき、魔法が使える者は、おそらく母が最後だと言われていた。

「二年から三年、もしかしたら五年くらいはかかるかもしれないが、ガイネス王国から迎えが来ることになっている。それまでリリを頼む」

ガイネス王国は、このブロムベルグ王国の南に隣接する大国だ。ガイネス王国も別の国と戦争がはじまっているらしい。その戦争が終結したら、リリを保護するために迎えが来る約束になっているという。

「お任せください。命をかけて、リリ様をお守りいたします」

サリオラたちが一斉に膝を折り、臣下の礼をとる。

本当にリリは両親と別れて離宮で暮らすことになるのだ。目の前が暗くなるような絶望感に、リリは泣き出した。

「母さま、いやです。母さま」

「泣いてはいけません。あなたはブロムベルグ王家の最後の王子なのですよ。リリ・ベルンハード・ブロムベルグの名に恥じないように、しっかりするのです」

そう叱りながら、母も泣いていた。侍女に差し出された練り絹で涙を拭きながら、「リリには、これも」と取り出したのは、指輪だった。

表面に精巧な細工が施された金色の指輪は、母の指にちょうどよい大きさに見えた。しかし、不思議なことにリリの左手の小指にぴたりと吸いつくようにはまった。

「あなたはオメガです」

母が確信をこめて言った。

「この指輪はあなたの成長を止めるためのものです。オメガは成長するとアルファを誘う香りを放つようになります。知っていますね？」

「はい……」

ぐすっと洟を啜りながら、リリは頷いた。

この世には男女の性のほかに、アルファ、ベータ、オメガという性があることは、もう習った。父はアルファで、母はオメガだと聞いている。

「このまま王宮で育つのならば、なんら問題はなかったのですが、もう父と母はあなたのそばにいることはできません。サリオラたちはベータなので離宮での生活は心配していませんが、保護された先のガイネス王国でどのような待遇になるかわかりません。強国の王族には、きっとアルファが何人もいることでしょう。ガイネス王国のアルマンド国王は信頼していますが、その親類縁者まではよく知らないのです……。この指輪は、あなたを守るためのものです」

リリは指輪を引っ張ってみたが、びくともしない。

「不本意な番の契約や、不意の発情期の悲劇を避けるために、成長を止めるのです」

「これはどうしたら外れるのですか」

「しかるべき時が来たら、外れるようになっています」

「しかるべきとき？」

わからなくて首を傾げたら、母が優しく微笑んだ。

「その時が来たら、きっとわかります」

母がそう言うなら、そうなのだろう。

「リリ、元気で生きるのですよ」

ぎゅっと痛いほどに母に抱きしめられ、どっと涙があふれた。前が見えなくなったが、母が退き、父が抱きしめてきたことくらいはわかる。国王にだけ許される、ふわふわと手触りのいいマントに憧れていた。そのマントにしがみつき、「父さま」と呼びかける。

「リリ、国の再興は考えずともよい。私たちの復讐なども考えるな。おまえはおまえらしく自由に生きてよいのだ。けれどブロムベルグ王家の最後の王子だという矜持(きょうじ)だけは、持ち続けてほしい」

いつまでも父と母に抱きしめていてもらいたかった。離れたくなかった。けれど戦火は王都のすぐそこまで迫っているらしい。

「さあ、リリ様、行きましょう」

サリオラに促され、リリは侍従たちに囲まれて王の間から出た。

閉じていく扉の向こうで、父と母はリリに手を振っていた。それが両親の姿を見た最後だった。

厳しい冬が終わり、北の森に春が訪れようとしていた。
リリは熊皮の長靴を履き、ぽてぽてと小さな足音を立てて前庭の石畳の上を歩く。石畳を剥

がしたあたりを見てまわり、しゃがみこんで指先で土に触れた。

「んー、まだちょっとこおっているかな。タネまきは、あと十日くらいあと、ってかんじ？」

日中の気温はかなり上昇してきたが、朝晩はまだ冷える。日陰には少量の雪が残っている状態だ。

「あー、はやくしんせんなおやさい食べたいなぁ」

ふう、とひとつ息をつき、リリはまたぽてぽてと足音をたてて建物に戻る。森の中の離宮は、しんと静まりかえっていた。薪を節約するために暖炉は火が消えている。建物の中に入っても外気温とたいして変わらず、コートは脱げなかった。

「サリオラ、どこ？」

種まきの時期を確認したくて老侍従の名を呼んだ。返事がないのは、声が届く範囲にいないからだろう。仕方がないので、リリはみずから探しにいく。

長い廊下は窓からの陽光で明るい。カーテンがぼろぼろになり、日を遮るものがなくなったせいだ。隅には埃（ほこり）のかたまりがいくつも転がっている。掃除が行き届かなくなった離宮は、かなり荒れ果てた印象になっていた。かつての華やかな離宮はもうない。

この冬、侍従がまたひとり、亡くなった。

泣きながら、リリとサリオラは凍える手で鍬を握り、裏庭に穴を掘った。「棺がなくてごめんなさい」と謝りながら埋葬した。墓標はただの石。これで、裏庭に並ぶ墓標は五つになった。

王城から逃れるとき六人いた侍従は、サリオラだけになってしまったのだ。

あれから十五年がたった。ガイネス王国からの迎えは、まだ来ない。

リリはずっと五歳児の姿のまま、生きてきた。実際には二十歳になるはずだが、母の魔法の影響で成長が止まっている。

早ければ二年から三年、長くても五年ほどで離宮の生活は終わると予想されていた。地下室の備蓄食糧はたっぷりあったし、自分たちで栽培できるように作物の種も保存されていた。迎えが来るそのときまで、リリと侍従たちは希望を持って隠遁生活を送っていた。

離宮の敷地内に畑を作り、森で木の実を採り、川で魚を捕った。ときには罠を仕掛けて野ウサギや鳥を捕まえて、みんなで食べた。その一方、リリは侍従たちを教師として各分野の勉強を進め、いつ都会に出ても恥ずかしくないように努力した。

ただ、森を出ることが恐ろしく、外の世界の情勢がまったくわからなかった。戦争は終結したのだろうか。頼りのガイネス王国はどうなっているのだろうか。アルマンド国王は健在だろうか。知りたい。

けれど、リリは当然のことながら侍従たちも世慣れてはおらず、だれも外へ出て行く勇気がなかった。

それでも五年を過ぎれば、きっと迎えが来ると信じていた。

しかし、六年が過ぎ、七年が過ぎ——八年の月日がたったころ、侍従の一人が病に倒れた。

医師を呼ぶことも、薬を買いに行くこともできず、彼は亡くなった。世を儚んで心を病む侍従も出た。備蓄食糧は底をつき、畑の収穫と森の恵みだけでは栄養が足らないうえに、厳しい冬に耐えきれずに、やがて侍従たちは一人、二人と亡くなっていった。

もう迎えは来ない。リリは諦めていた。ガイネス王国のアルマンド国王は、リリの両親との約束を破ったのだ。亡国の最後の王子のことなど、どうでもいいと思ったのかもしれない。

もうリリのそばにはサリオラしかいない。サリオラは六十五歳になった。かなりの高齢だ。今年の冬はなんとか越せたが、来年はどうなるかわからない。リリは尽くしてくれたサリオラに報いるため、もしそのときが来たら静かに看取ってあげたいと思っていた。

そして自分は、子供の姿のまま朽ちるまで、ここで生きていくのだ。

指輪が抜けて魔法が解けるのはいつなのか。しかるべき時とは、どういう時なのか。星になってしまった母に問いかけながらの十五年だったが、もういい。

「なにをしているの？」

探していたサリオラは、自分の部屋で半裸になっていた。痩せ衰えた腹に、なにやら布を巻きつけている。足下には背負い袋が置かれていた。編み上げの牛革の長靴もある。離宮では保温性に優れた熊皮の長靴が一番適しているので、しまいこんであったはずだ。

「ああ、リリ様、なにか御用でしたか？　用意ができたら、ご挨拶にうかがうところでした」

皺だらけの顔に笑みを浮かべ、サリオラが振り向く。その晴れ晴れとした笑顔に、リリは嫌な予感がした。

「用意？　それはなんの用意なの？」

サリオラはリリの問いに、すぐには答えなかった。腹に布を巻き終わると、長靴を履き、ズボンの裾を紐でしばる。上着をはおり、背負い袋を背中に乗せた。

「リリ様、わたくしは森を出る決意をいたしました。もう待てません。わたくしがガイネス王国まで出向き、国王に直訴して参ります」

悪い予感が当たった。リリは卒倒しそうになる。なんとか踏ん張って、キッとサリオラを見上げた。

「むりだ。自分をいくつだと思っているの。ここからガイネス王国の王都まで、サリオラの足でいったい何日かかるか……。とちゅうで倒れてしまうよ」

「心配ご無用です。畑仕事や森の散策で足腰は鍛えられておりますから」

サリオラの茶色い目は、老人らしからぬ輝きに満ちていた。リリはサリオラの性格をよく知っている。用意周到でありながらもやや楽観的なところがあり、忠誠心に篤く博識で頑固、言い出したらきかない。

もう決めてしまっている顔だった。

「おまえは、ぼくをひとりにするの……っ」

サリオラはひとりで行く気だ。リリを置いて。

「申し訳ありません」

「たとえ王都にたどりつけても、国王にじきそなんてできっこない。ろうやに入れられて、こ、殺され、殺されるかも――。そんなの、いやだっ」

最悪の展開を想像し、リリは泣き出した。この離宮でリリが最期までサリオラと一緒にいるつもりだったのだ。道中で力尽きて倒れられるのもいやだし、王都で不審者として捕えられ、拷問を受けた末の最期なんて、リリは受け入れられない。

「我が王エルンスト陛下と、アルマンド国王とのあいだで交された書簡を持参します。いきなり投獄されて処刑されることはないでしょう」

サリオラが自身の腹を手で叩いた。腹に巻いた布の中には、その書簡が隠されているらしい。

「でも、そんなもの、いったいだれが本物だとわかるの。行かないで」

サリオラがリリの前に膝をつき、手を握ってきた。

「わたくしは必ず戻って参ります。今日まで決意できなかったわたくしの不甲斐なさを、お許しください。あれから十五年がたちました。ガイネス王国に不測の事態が起こっているのは確かでしょう。それを確かめて参ります。もっと早く森を出るべきでした。お寂しい思いをさせてしまうことになりますが、どうか耐えてください」

ぼろぼろとこぼれ落ちる涙を、サリオラが拭いてくれる。

「このあたりから、おそらくガイネス王国の王都ミューラまでは、徒歩で一カ月ほどだと思われます。わたくしの足だと一カ月半はかかるかもしれません。王都まで行かなくとも、途中の街の様子からリリ様を任せられない国情と判断した場合は、即座に戻って参ります」

ひっく、としゃくりあげながら、リリはサリオラの話を聞いた。これが永遠の別れになるかもしれない。最後の侍従の言葉を、声を、覚えておきたかった。

「望みがないと判断したら戻ります。そのときは、リリ様の望むようにいたしましょう。この森から出て街で暮らしたいとお考えなら、そういたしましょう。このまま離宮で過ごしたいとおっしゃるなら、そういたしましょう。わたくしはわたくしの命が尽きるまで、リリ様のお側にいたいと思っております。かならず、かならず戻って参ります」

にっこりと笑ったサリオラからは、忠誠心と親愛の情しか伝わってこない。私利私欲がいっさいない最後の侍従に、リリは涙が止まらなかった。

即位十年を祝う式典の数々が、やっと終わった。

ガイネス王国の王城内にある国王の執務室。国王しか座ることが許されないその椅子に体を投げ出すように腰を下ろし、ユージーン・ガイネスはひとつ息をついた。

式典のあいだずっと身につけていた重いマントを脱ぐことができ、清々とした気分だ。頭に載せていた王冠も重かった。つい執務机に脚をのせてしまっても仕方がないというものだ。

「陛下、お行儀が悪いですよ」

すかさず側近のヒューゴ・ミルワードが叱ってきた。

白金に輝く豊かな髪を両手でかき混ぜるようにして、ユージーンは自分の頭皮を揉む。明るい緑瞳を側近に向け、ニヤリと笑ってみせた。

「窮屈で退屈きわまりない式典を乗り切ったのだ。おまけにハラルド並みの重さのマントを肩にのせていたのだぞ。いくら体力がある俺でも疲れる。このくらいは許せ」

「まあ、たしかにあのマントは私の息子並みの重量はあったでしょうね。お疲れさまでした」

苦笑いしたヒューゴはユージーンと同じ年の三十歳。側近候補として十代のころに引き合わされた優秀な男で、のちにユージーンの妹アマリアと結婚した。いまでは二男一女の父だ。

控えていた文官にヒューゴがお茶の用意を命じた。

静々と動く文官たちはユージーンの行儀の悪さに慣れていて、いまさら驚いたり眉をひそめたりはしない。白金の髪に緑の瞳、頑健な筋肉がついた長身の国王は、かつて軍神と崇められた。この国が存続しているのは、この国王のおかげだと国民はみなわかっている。

「いい天気だな。もうすぐ夏か」

ユージーンは開け放たれた窓から、初夏の青空を眺めた。

即位から十年がたった。それ以前の戦争勃発から数えると十五年がたったことになる。波乱に満ちた十五年だった。国王の長子として生まれたからには平凡な人生など望めなかっただろうが、それにしてはいろいろとあり過ぎたように思う。

国と民のために先陣を切って戦い、戦争中に病に倒れた父王に代わって王位を継いだ。終戦後は荒れた国土と民心に尽くす日々だった。ここ数年、やっと落ち着いた感がある。

「しばらく休みを取りたいな」

思いつきのひとりごとを、側近は聞き逃していなかった。

「それもいいですね。陛下は働きづめでしたから」

「なんだ、もっと働け、気を緩めるなと反対しないのか」

「陛下は三十歳とまだお若い。この先三十年は、揺るがない堅実な国政を続けていただきたいですから、過労で倒れられては困ります。あるていどの休息は必要です」

「俺を細く長く使うつもりか」

「いいえ、太く長くです」

ふふふ、と悪びれることなく笑うヒューゴに、ユージーンは呆れた。

「おまえのその悪どいところを、アマリアは知っているのか？　結婚してからもう八年もたつというのに、会うたびにアマリアは惚気(のろけ)ばかりだ。二十七歳にもなって、三児をもうけておきくれている彼には感謝している。

「夫婦の仲が円満なのはいいことではないですか」

ユージーンが知る限り、ヒューゴは誠実で愛情深い男だ。たった一人の妹を大切に慈しんでくれている彼には感謝している。

ヒューゴは貴族階級出身だが、国の中核をなす家ではなく、さらにベータだ。優秀な頭脳と騎士としての身体能力はアルファに引けをとらないが、それでもベータだった。ユージーンとアマリアの二人はアルファ。父王もアルファだった。

結婚当時、権勢欲のためにアルファの王女を誑しこんだと、ヒューゴは陰口を叩かれた。二人が真剣に愛しあって結ばれたことを知っているユージーンは、ずいぶんと憤ったものだ。ただ父王が生きていたら、身分差によって許される結婚ではなかっただろう。時期も二人に味方してくれた。

「しばらく休みを取り、そのあいだにご自分の結婚について考えられたらどうでしょう」

「いまさらだろう」

「なにがいまさらですか」

「俺は国と結婚したようなものだ。これ以上は手に余る」

「いままではそうだったかもしれません。けれどこの十年、努力の甲斐があって国は安定し、しばらくなら陛下が不在でも国政を任せられる人材が育ちました。休暇中にゆっくりとお世継ぎのことを考えても――」

「ハラルドたちがいるだろう」

「陛下……」

困ったように眉を下げるヒューゴに、ユージーンは笑ってみせた。

ヒューゴとアマリアの子供たちは、幸いなことにすくすくと育っている。まだ幼いので第二の性はわからないし、国政を担える素質があるかどうかも未知数だが、二男一女のだれかに自分の後を託せばいいだろうとユージーンは勝手に考えていた。

ユージーンは独身のまま在位十年を迎えた。後宮はあるが無人のままだ。せめて側妃だけでもおいてほしいと侍従長に再三言われているが、なかなかその気にはなれなかった。

不能なわけではない。年相応に性欲はある。けれど家族を持つことがおのれを弱くするようで、一歩を踏み出せなかった。

ユージーンが十五歳のときに戦争が起こり、先陣を切って戦った。成人前ではあったが体格はすでに一人前で、騎士としての腕前は師匠を超えていたし、好戦的な隣国の存在があったため幼いうちから戦術戦略も学んでいた。

ただただ国のために、民のために、そして期待してくれている父王のために戦った。死は怖くなかった。守るものがなにもなかったからだ。失って惜しいと思うものもなかった。無駄死にだけはしないように、一人でも敵兵を屠（ほふ）ろう、一人でも自軍の兵を死なせないようにと夜通し軍議をし、懸命に声を張り上げて兵を鼓舞し、剣を振るった。

のちに軍神と崇められたが、われながらあのころの自分は神がかっていたと思う。

守りたいもの失いたくないものがあったら、あそこまではできなかったにちがいない。

現在の国情は安定している。平和を脅かす存在は完全にはなくならないものの、国と国との大規模な戦争はもうとうぶん起こらないだろう。わかっていても、ユージーンは人を愛して臆病になってしまうことを避けたかった。

いつでも、いつまでも、国のために民のために命を捧げる気持ちでいたい。

ヒューゴには酒の席で冗談まじりにそうした本音をこぼしたことがある。記憶力がいいヒューゴのことだから、きっと覚えているだろう。ユージーンに結婚をすすめる話をしても、ころあいを見計らって引いてくれる。今日もそうだった。

「……とりあえず、気分転換に遠乗りでもしますか？」

そう提案してくれて、「いいな」とユージーンは乗った。


ユージーンの愛馬は大型の品種の黒馬だ。十五年前の初陣をともにした勇敢な牡馬の子で、鎧をまとい腰に大振りの剣を佩いたユージーンが乗ってもビクともしない強さを持っている。

貴族がふだんに着るような平服に替えたユージーンとヒューゴは、たった二人の近衛兵だけを連れて王城を出た。

初夏の昼下がり、馬で駆けるには絶好の気候だ。一行は王都を出て街道を進んだ。

街道の両脇には農地が広がり、農夫たちが働いている。今年も豊作だといい。農業用の水路を整備してから、収穫量が増えたと報告を受けている。木製の柵で囲まれた場所には牛や羊、山羊が放牧されていた。

以前からある農家以外に、真新しい民家がぽつぽつと建っている。建設中のものも何軒か見えた。ここ数年、王都の人口が増え、住宅不足が問題になっていた。城壁に囲まれた王都の外にも民家が建ちならぶようになってきたのだ。

「ヒューゴ」

側近を呼ぶと、斜め後ろを駆けていたヒューゴがすっと横に並んできた。

「なんでしょう」

「このあたり、ずいぶんと民家が増えたな。不法に建ててはいないか？　治安はどうなっている？」

「すでに手は打っております。住み着いた者の身元の確認と地主への問い合わせはほぼ終了し、現在、治安維持のための警邏(けいらたい)隊を定期的に派遣しております。近いうちに常駐させるための建屋を建設予定です」

「そうか」

あいかわらず仕事が早い側近に、ユージーンは満足の笑みを返した。

民家が増えれば、その住民めあての商人もやってくる。街道沿いに小間物屋や金物屋、古着屋など、いくつかの店が見えた。民は逞しい。

街道に幼い子供の姿もちらほらあったので、一行は馬の速度を落とし、歩かせた。

「これを恵んでやるから、どこかへ行っておくれ。店先で死なれたら困るんだよ」

野太い男の声が耳に届いた。そちらを見遣ると、赤い果実をひとつ手に持った老人が、よろよろと街道に出てくるところだった。ずいぶんと汚れた格好をしており、木の枝を杖代わりに持つ手は痩せ細っている。穴があいた麦編み帽子をかぶり、背負っている袋はなにも入っていないのかぺしゃんこだった。

年老いた浮浪者を放置しておくこともできたが、ユージーンはふとその男の足下を見て不審に思った。泥で汚れてすり切れているが、きちんとした職人が作ったと思われる編み上げの牛革の長靴だったのだ。

ただの浮浪者が履けるものではない。農夫が所持するものでもない。中産階級以上の庶民、または下級貴族のものだ。盗んだのか、それともかつては裕福な暮らしをしていたのか。盗んだにしては、その老人の足にぴったりの大きさのようだ。

「ヒューゴ、あの老人に声をかけてこい」

ユージーンの命令にヒューゴは意図を問うこともなく、サッと馬を下りた。近衛騎士を一人連れて、老人に「なにか助けが必要ですか」と穏やかな口調で話しかける。

　老人はヒューゴと騎士を見上げ、ハッとしたように目を見開いた。すぐにユージーンにも気づき、「あ、あの、もしやあなたさまたちは……」と嗄れた声でなにかを尋ねようとした。けれどすぐに咳きこんでしまい、体を丸める。

「こちらへ」

　ヒューゴが抱えるようにして老人を街道から脇道へと移動させた。ユージーンと騎士たちもあとに続き、草が生えた畦道に座らせた老人を囲む。間近でよく観察してみれば、老人は長旅で薄汚れているだけで、身につけている衣服は悪いものではない。顔立ちには知性と品があり、良家の家令だったと言われても驚かない雰囲気があった。

「どうぞ、飲んでください」

　ヒューゴが差し出した水筒で喉を潤し、老人はひとつ息をついた。姿勢を正し、ヒューゴに礼を言いながら水筒を返す。そしてユージーンに向き直った。この一行の主人だと見当をつけていたのだろう。

「助けていただいて、ありがとうございます」

　やはり卑しからぬ風情がある。所作にはわざとらしさや嫌みはなく、訓練されつくして身に付いた、自然な洗練さがあった。

「どちらかの名のある大貴族のお方とお見受けします。わたくしのような見ず知らずの老人にお声をかけてくださって、ありがとうございます。その優しさに旅の疲れも癒えるほどでございます」

「どちらから旅をして来られたのですか」

質問はヒューゴがした。老人はすこしためらい、「ブロムベルグ地方からです」と答えた。

ブロムベルグ地方は王都ミューラの北にあり、馬での早駆けなら七日、成人男性の足で一カ月ほどの距離がある。途中、馬車も使わずに老人は徒歩だけでここまで来たのだろうか。いったい何日かかったのか――。

「大変な旅でしたでしょう」

「それは、はい、大変でした。けれど主のためですので」

やはりどこかの家に仕えている身なのだ。しかし高齢の家臣に強いるには、やや計画に無理がある旅だったのではないか。

「主の命で、王都まで来られたのですね。あと少しですよ」

「はい……」

老人は頷き、視線を城壁へと向けた。農地と放牧地の向こうに、王都を囲む壁が見えている。ゆっくり歩いても日暮れまでにはたどり着けるだろう。

「あの、不躾なお願いだと重々承知のうえで、お頼みいたします」

不意に老人がユージーンに深々と頭を下げてきた。草が茂る畦道に、這いつくばるようにしたまま訴えてくる。

「わたくしは主の窮状を訴えるために、国王陛下に謁見を申し込みたいと思っております。しかし、わたくしにはなんの後ろ盾もありません。正式に申し込んでも、おそらく受け付けてはもらえないでしょう。名のある大貴族であろうあなた様に、どうかお力添えをお願いしたく――」

思わずユージーンはヒューゴと顔を見合わせた。もしかしてとんでもない問題を抱えた人物を拾ってしまったのだろうか。

「ご老人、顔をあげてください」

「お願いします。お願いします」

「こちらの方は、たしかに名のある大貴族です。まずは事情をお聞きしましょう」

「聞いてくださるのですか」

バッと顔を上げた老人は喜色を浮かべた。しかし、つぎの瞬間にはふらりと草の上に倒れてしまう。慌てて介抱するとすぐに意識を取り戻したが、朦朧（もうろう）としている。ずいぶんと衰弱しているようだったので、ユージーンは老人を保護して医師に診せることを決めた。

「救護院に運んだ方がいいでしょう」

ヒューゴの提案で近衛兵が馬車を呼びに行き、王都内にある傷病者のための施設に老人を運ぶことになった。救護院は国費で運営されており、だれでも無料で治療を受けられる場所だ。

近衛兵にあとを託すこともできたが、ユージーンはなんとなく老人の正体が気になり、ヒューゴとともに救護院まで付き添った。突然現れた国王に救護院の者たちは驚いていたが、ユージーンは日頃から気安く王都内を出歩いていたので恐縮しすぎることはなく、すぐに意識を切り替えて自分たちの仕事に戻った。

治療室のひとつに運びこまれた老人は、やはり意識がはっきりとしていない状態で、医師に指示された看護人たちに服を脱がされてもされるがままだ。

「これはなんだ?」

看護人の声があがった。ユージーンとヒューゴは即座に駆け寄り、「どうした?」と尋ねる。

老人は裸にされていた。痩せ衰えた体は痛々しいほどで、手足には打ち身や擦り傷のあとがある。過酷な旅の様子が窺(うかが)えた。

「腹に巻かれた布の中から、こんなものが」

看護人が差し出したのは、三通の書状だった。ヒューゴが受け取り、そのままユージーンに渡す。良質な紙をつかった封筒を見て、ユージーンは息を飲んだ。

宛名は「エルンスト・ヘンリク・ブロムベルグ」とあり、差出人は「アルマンド・ガイネス」と読めた。父の名にユージーンは驚愕(きょうがく)する。封筒にははっきりとガイネス王家の紋章の封蝋(ふうろう)があった。三通すべてがそうだ。

どうしてこんなものを老人が持っていたのか。老人はいったい何者なのか。

「陛下、内容を確認された方がよろしいのでは」

ヒューゴに促され、ユージーンは燭台の近くで封筒から便箋を取り出した。

「父の筆跡のように見える」

「封筒と便箋には王家の紋章の透かしが入っています。封蝋も偽造したようには見えません」

便箋に綴られた懐かしい父の字を目で追い、その内容の重大性にユージーンは言葉も出なくなる。三通すべてに目を通し、愕然と老人を振り返った。

手紙をヒューゴに渡すと、「これは……事実なのでしょうか」と呆然とした様子で呟く。つねに沈着冷静なヒューゴだが、さすがに動揺しているのか声がわずかに上擦っていた。

「事実でなかったとすれば、この老人はとんでもない詐欺師ということになる」

手紙には、父王アルマンドと、ブロムベルグ王家の最後の王エルンストとのあいだで交された、王子ベルンハードの保護に関する約束事が書かれていた。

「この手紙が本物だとしたら、われわれは十五年間も約束を無視していたことになる」

「正確には十年間ですね。戦争が終結したのちに王子を迎えに行く約束だったのなら。陛下はアルマンド様からこの話を聞いていなかったのですね？」

「まったく聞いていない」

ヒューゴに確かめられて、ユージーンは首を横に振る。ヒューゴはしばし考えこんだ。

「……十三年前のアルマンド様のご逝去は突然でした。戦争の最中、急な病で倒れられ、当時王太子だったユージーン様が前線から呼び戻されました。通常なら馬で五日かかる距離を、わずか三日で駆け通したのを覚えています。私も同行しましたので」

「そうだったな。途中何度も馬を替え、王城まで駆けた。しかし、間に合わなかった……」

ユージーンが王城にたどり着いたとき、父王はすでに息を引き取っていた。まだわずかに温もりが残る手を握り、ユージーンは「かならず戦いに勝利してみせます」と誓ったのだ。悲しんでいる暇はなかった。隙を見せたら敵国が調子に乗るだけだ。ユージーンは戴冠式を後回しにし、まずは国王代理として国政のすべてを担うことを宣言した。

正規の段取りを済ませて戴冠式を執り行ったのは、戦争終結後のいまから十年前だ。

「アルマンド様は、時期がきたらエルンスト国王との約束をあなたに打ち明けるつもりだったのではないでしょうか。しかし予期せぬ病によって、それがかなわなかった……」

「……そうだったかもしれないな……」

十三年前、もっと早くユージーンが王城に戻れていたら、死ぬ間際に父王はこのことをユージーンに話していただろう。

「当時、国交について俺はまだ深く知らなかったが、ブロムベルグ王国とはかなり親交が深かった印象だ。二つの国の王は、友情を築いていたのかもしれない。この手紙の様子だと、ベルンハード王子の保護は国と国との正式な契約ではなく、個人的な約束ごとの範疇だったようだからな。だからこそ父上以外にこの約束を知るものはいなかった」

　そして十数年が過ぎてしまったというわけだ。

　医師は老人を診察し、倒れたときの様子をヒューゴに尋ねたあと、「いまのところ命に関わる状態ではない」と診断を下した。

「呼吸も心音も乱れはありません。ただしかなり衰弱している様子。長旅で心身ともに疲弊していたところに、偶然にも頼りになりそうな貴人と出会い、安堵のあまり気が抜けたのでしょう。目覚めたら滋養のある食事を与えてやってください。その後、しばしの休養が必要です。できれば一夏のあいだ、どこかで療養させた方がいいでしょう」

　医師はそう話して治療室を出て行った。看護人たちの手によって入院病棟の病室に移されてから、老人は意識がはっきりしてきたようだ。

「ああっ、ない、書状がないっ」

　老人が布団の中でもがきながらわめいた。慌てて看護人の一人が、「手紙はこちらの方が預かっています」と説明した。ヒューゴが寝台に歩み寄る。ユージーンは燭台の灯(あか)りが届かない場所で様子を眺めた。

「ご老人、大切な書状はここにあります。了承を得ずに読んでしまいました。すみません」

　ハッとしたように老人はヒューゴを見て、脱力したように布団の中に沈んだ。

「読んだのですか……」

「我が国の前王の名がありましたので、何事かと思いました」

「前王……」

老人はやや呆然としているようだ。

「やはり、アルマンド国王はもうお亡くなりになったのですね」

「十三年前に。現在はアルマンド様の長子、ユージーン様が国王におなりです」

「そのユージーン陛下が、西のダマート王国を滅ぼし、さらに南のエーンルート王国をも滅ぼしたというのは、本当ですか」

「本当です」

ふう、と老人はため息をつき、しばらく黙った。やがておもむろに口を開き、「わたくしたちはなにも知らず……知ろうともせず……愚かにも森の中で息を潜めて……」と横たわったまま涙をこぼした。

「ガイネス王国のユージーン陛下が、わたくしたちの国を蹂躙(じゅうりん)し、わたくしたちの国王を殺した憎いダマート王国を滅ぼしてくださったのですね。感謝します。ありがとうございます。こうしてはいられません、すぐにでも王子殿下にお伝えしなければ」

老人は体を起こし、寝台から下りようとする。

「待ってください。医師は休養が必要だと診断しました」

「でも、殿下が待っているのです」

「ベルンハード殿下ですね」

「北の森の離宮を発ってから、すでに三カ月も過ぎてしまいました。わたくしの足が不甲斐ないばかりに、倍も時間がかかってしまったのです。たったひとりで、どれほどお寂しく過ごしておられるか、心配でなりません」

「ベルンハード殿下は、その北の森の離宮にいるのですね？　北の森というのは、どこのことですか？」

「それは……」

老人は視線を泳がせるようにして口ごもる。ヒューゴが信頼に足る人物なのか、まだ判断できかねるのだろう。出会って間もないのだから当然だ。老人はやはり聡明な人物だった。

「悪いようにはしない。ベルンハード殿下の居場所を教えてくれ」

ユージーンは灯りの中へと踏み出した。予告なく暗闇から現われたユージーンに驚いた老人だが、すぐに街道で自分を助けた貴族だとわかったようだ。

「殿下が暮らす離宮の場所をお教えしたら、国王陛下との謁見がかなうよう、手助けしてもらえるのでしょうか？」

「俺が国王だ」

「……え？」

「だから、俺が前王アルマンドの息子、ユージーン・ガイネスだ。謁見の申し込みは必要ない。いまここですべて話せ」

呆然としている老人を見て、ヒューゴが呆れたようなため息をつく。

「そんな言い方で信じる人がいるとは思えませんね。すみません、ご老人、驚かせました」

「あ、ああ、あの方はご冗談を……？」

「いえ、事実です」

「え……」

「ガイネス王国の現国王ユージーン陛下です。そして私は側近のヒューゴ・ミルワード。以後、お見知りおきを」

ヒューゴが優雅に貴族の礼をとる。老人は目を白黒させた。

「ついでに言うと、ヒューゴは王妹の夫だ。つまり国王である俺の義理の弟だな。そしているいる場所は、王都内の救護院」

「王都内の、救護院？」

「そうだ。おまえに治療が必要かと思い、医師に診察させた。ここにしばらく入院しろ。費用は心配しなくていい。ここは無料だ」

「なんと、そんな素晴らしい施設が王都にはあるのですか。ガイネス王国の国力と国王陛下の慈悲深さに感服いたします」

老人はヒューゴが止めるのも構わず、寝台を下りた。寝衣のままユージーンの前で膝をつき、頭を下げる。そこで名乗った。

「わたくしはサウル・サリオラと申します。侍従長として、ブロムベルグ王家に仕えた者でございます」

小国ではあったが、ブロムベルグ王国は歴史があり、教養高い国だった。侍従長まで務めた人物であれば、知性が感じられて当然だろう。

「十五年前、王命によりベルンハード王子殿下とともに戦火を逃れ、森の中の離宮に移りました。わたくしのほかに五名の侍従が殿下をお守りしておりましたが、長引く隠遁生活に心身ともに病むものが続出し、この冬にとうとう侍従はわたくし一人になってしまいました……」

「それで隠れ家から出てきたのだな」

「はい。約束を違えて十五年も殿下を放置しているアルマンド王に、なんとかお目にかかって真意を伺いたいと思い――。森を出るまで、まさか代替わりしているとは思いもしませんでした。陛下は、わが王子殿下のことを、前王からお聞きになっていなかったのですね？」

「聞いていなかった。おまえが腹に隠し持っていた手紙を見て、はじめて知った」

「なんという……」

サリオラは絨毯（じゅうたん）の上にがくりと尻をついた。見かねたヒューゴが寝台の上へと促す。横たわったサリオラを、ユージーンは見下ろした。

「さきほど、ベルンハード殿下の隠れ家を出てから、もう三カ月が過ぎたと言ったな」

「はい。殿下はこの十五年間で、だいたいのことはご自分でできるようになっています。身の回りのことだけでなく、炊事も畑仕事も」

「自立した王子殿下なのだな」

「けれど孤独感だけはどうにもなりません。どれだけお寂しい思いをなさっているか、考えただけで胸が痛みます」

「では一刻も早く迎えに行かなければならないな」

ユージーンの一言に、サリオラが感激したように目を潤ませる。

「ほ、本当ですか」

「俺は嘘などつかない。殿下のことは任せておけ」

「ありがとうございます」

感謝の言葉をくりかえすサリオラに、ヒューゴが落ち着いて休むように言い聞かせる。ちょうど、看護人がサリオラ用の食事を運んできた。看護人に世話を任せ、ユージーンとヒューゴは病室を出た。

「今夜はこのまま眠らせてやろう。明日の朝、北の森の離宮とやらの正確な場所を聞き出せ。すぐに出立できるように準備をしておこう」

「もしかして陛下みずからお出かけになるおつもりですか」

「ちょうど休暇を取ろうとしていたところだ。亡国の最後の王族を迎えに行く旅か――。俺が王都を空ける理由には十分だな」

「よろしいでしょう。ブロムベルグ地方の治安は悪くないので、おそらく道中の危険はないでしょうし、季節は初夏。北方の標高が高いあたりでも寒くはない季節です。これが真冬だったら、春まで迎えに行けないところでした」

「……そんな場所で数人の侍従と十五年も隠れ住んでいたわけだ」

ひさしぶりの遠出の計画にいくらか浮かれていた気持ちが沈んだ。

つぎつぎと侍従が亡くなっていく生活とは、いったいどれほど過酷だったのだろうか。

ブロムベルグ地方――かつてのブロムベルグ王国は、国土の半分以上が山岳地帯だ。冬は寒さが厳しく、雪が降る。農耕に適した土地は少なかったが、かわりに鉱物資源が豊富で、周辺諸国と交易し、国自体は豊かだったと聞く。だからこそ、西の隣国ダマート王国に侵略されたのだろう。

ダマート王国は海に面しており、主な産業は漁業だった。海獣を穫って肉や油脂を活用したり、貝や珊瑚を宝飾品に加工して外貨を得たりしていた。国民がひどく飢えたという話は聞かない。けれど季節によっては海が荒れ、思うように漁ができない。ダマート王国にとってブロムベルグ王国の鉱山は魅力的だったにちがいない。

ブロムベルグ王国は小国ゆえに人口も多くなく、軍事力も弱かった。そのため昔からガイネス王国と友好関係を保ち、有事の際には援軍を出す条約が結ばれていた。その見返りとして、鉱物資源を有利な条件で輸入できていた。ガイネス王国の工業が発展したのは、ブロムベルグ王国の豊富な鉱物資源のおかげだったのだろう。

しかし、十五年前、ガイネス王国はブロムベルグ王国を助けに行くことができなかった。やむを得なかったとはいえ、条約を違えたことになる。さらに、戦争終結後に王子を保護するといった約束も反故(ほご)にしてしまった。

「われわれは王子に恨まれているだろうか」

悪気はなかったと言い訳をしたからといって、許されることなのかどうかわからない。ユージーンの情けない言葉に、ヒューゴが苦笑いする。

「当時の事情を説明したあと、誠心誠意、謝罪をすれば大丈夫なのではないですか」

「どんな王子殿下なのだろうな。そういえば、年齢はいまいくつだ？」

「……調べておきます」

ヒューゴにもわからないことがあったのかと、ユージーンは軽く驚いた。

◇◇

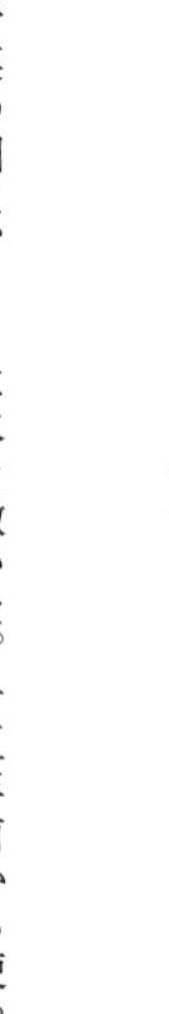

膝丈まで伸びた野菜の畑に、リリは水を撒いた。十五年前から使っているじょうろは穴だら

けで、うまく持たないと自分の足が濡れる。雨水を溜めてある池と畑を何往復もして、水撒きを終えた。

「こういうとき、からだが小さいとふべんなんだよね」

ひとつ息をついて、自分用のじょうろと侍従たち用のものを見比べる。倍はある大きさのじょうろは水をいっぱいに入れるととても重くなり、五歳児の体格しか持たないリリには持ち上げられないのだ。そのせいで、池と畑の往復回数も倍になる。

「ああもう、疲れたよ」

汚れてもいい作業着姿のままで、石畳の隅にちょこんと座った。

じっとしていると離宮を囲む森の中から、にぎやかな鳥のさえずりが聞こえてくる。北の地もすっかり初夏だ。春の訪れとともに鳥たちは恋の季節を迎え、いまは孵った雛をせっせと育てている最中だろう。

サリオラが旅立ってから三カ月と少しがたった。畑に蒔いた種は芽吹き、種類によってはそろそろ花が咲くかもしれない。去年の春とおなじように種を蒔いてしまったが、このままサリオラが戻らなければ、リリだけでは食べきれないほどの収穫量になるだろう。

「……腐らせるのはもったいないから、冬にそなえてなんとか保存用に――」

そこまで考えて、リリの思考は停止した。ひとりで迎える冬は、いったいどれほど孤独なのだろうか。それを考えると怖くなる。ぎゅっと拳を握り、歯を食いしばった。

「だいじょうぶ、サリオラはきっと帰ってくる。としよりだから、時間がかかっているだけ。ぼくをひとりにしない。帰ってくる」

そう自分に言い聞かせなければ、心が折れてしまいそうだ。最悪の事態は想定したくない。けれど頭の片隅では、サリオラはもうここに戻ってこられないのではないかと思っていた。やっぱり引き留めればよかった。行かせなければよかった。いや、リリがどれほど言葉を尽くして引き留めても、サリオラの決意は翻らなかっただろう。あの男は本当に頑固で、忠誠心の塊のような侍従だった。ときには厳しく、ときには優しく、リリを愛して守ってくれた。サリオラだけでなく、侍従たちはみんなリリによくしてくれた。きっとリリに献身的になってくれる侍従を、両親が厳選したのだろう。

「川で魚でも捕ってこようかな」

ぼうっとしていると余計なことを考えてしまう。忙しく体を動かしていれば、そのあいだだけでも忘れることができる。そう教えてくれたのはサリオラだ。

リリはいつも使っている網を持って、森の中の川へ行った。釣るよりも網を仕掛けた方が、効率がいいのは経験でわかっている。

森の中にはいく筋か小川が流れていて、離宮に一番近い川がリリの漁場だ。川幅は大人の背丈の倍くらいで、深さはリリの膝上くらい。これ以上深いとリリが流される。もう少し大きな川もあるが、そちらは侍従たちが行っていた。やはり大きな川の方が大きな魚が捕れる。

リリは川の中に網を張り、魚が掛かるまでのあいだに森を見て回った。

「ああ、ここももうダメだな」

目印の大木の下に半分埋めてあった水晶が、粉々に砕けていた。

母がリリと侍従に持たせた結界用の水晶が、ここ数年で朽ちてきていた。そう簡単に朽ちるはずのない水晶だが、やはり結界を保つために無理を強いられていたのだろう。六人の侍従とリリの分を合わせて七つあった水晶のうち、すでに半分以上の四つが砕け、土に還っている。

おそらくもう結界は解けている。だれでも入ってこられる状態ではないだろうか。

「……いまさら、こんなところにだれも来ないだろうけど」

あの戦争から十五年も経っている。たぶんブロムベルグ王国は人々から忘れ去られていて、ここに離宮があったことも王子がひとり逃げたことも、覚えている人はいないにちがいない。

かといって、たったひとりでここを出て行く勇気はなかった。

結界は解けても、リリの左手小指の指輪は抜けていない。リリはあいかわらず五歳児の姿のままだ。この体でどうやって働くというのか。心根の優しい大人に孤児として保護されたとしても、いつまでたっても体が大きくならないリリを不審がるだろう。

かといって、指輪が外れればすべてが解決するわけではない。

母は、リリのことをオメガだと断定していた。オメガには発情期がある。番のアルファにうなじを噛んでもらうまで、平安は訪れない――。

自分がオメガであることは幼いときから知っていたが、その特性については実年齢が十歳になったころ、サリオラから教えられた。

衝撃の内容だった。まさか男児だと思っていた自分が子を産めるなんて。発情期になるとだれかれかまわずアルファ性の人間を誘ってしまうなんて。その結果の悲劇の数々を、サリオラは実例とともに話してくれた。

あのころ離宮での隠遁生活は五年を迎えていた。そろそろガイネス王国から迎えが来ると思って、サリオラはリリに性教育を施したのだろう。

オメガの宿命が恐ろしくて言葉もないリリに、サリオラは宥めるように言った。

「王妃殿下はリリ様を守るために、この指輪を授けたのです。王妃殿下のエルフの血に感謝いたしましょう」

母はエルフの末裔だった。わずかながら魔力があり、一人息子がオメガだと見抜いた。普通は思春期を迎えて発情期が訪れてからでないとわからないらしい。リリは幸運だった。

「でもぼくには、母さまのちからはひとかけらもないんだよなぁ」

リリは普通の人間だった父の血を濃く受け継いだようだ。黒髪黒瞳も父にそっくり。そもそもブロムベルグ王家の人間は黒髪黒瞳が特徴だったらしい。

川までぶらぶらと戻り、仕掛けた網を引き上げた。

「わ、たくさんとれた」

小魚ばかりだが十匹ほど網に掛かっていた。そのまま網にくるむように丸め、鼻歌まじりに離宮へ戻る。二匹ほどを焼いて夕食にしたら、あとは開いて干そう。頭と腸（はらわた）はゴミとともに土に埋めて、のちに畑の肥料にするのだ。

川から離れたとき、離宮の方から人の気配がすることに気づいた。

「えっ？」

複数の人の話し声と、馬の蹄（ひづめ）の音？

流れる水の音のせいで聞こえなかったのだ。慌てて駆けていったリリは、数十人もの騎馬兵士が離宮を取り囲んでいるのを見て愕然とした。

「本当にこんなところに離宮があったな」

「おい、だれかいないのか」

「これは畑なのか。だれか住んでいるのは確かなようだ」

数人の兵士が馬を下り、離宮の中へと入っていった。なめした革の鎧をつけた兵士たちは身だしなみに乱れたところはなく、背筋を伸ばして騎乗している。訓練された正規の兵士だろう。

リリは突然の出来事に、立ち竦（すく）んだまま動けない。

「中にはだれもいないようだ」

「どこかに隠れているのかもしれない」

建物から出てきた兵士が報告している。

戸締まりなどしていないから中に入られたとしても文句は言えないかもしれないが、大切な我が家に勝手に立ち入られた不快感に腹が立ってきた。なにか言ってやろうかと一歩を踏み出したときだった。

「そこの子供、おまえは森に住むものか？」

思いがけない方向から声をかけられ、リリはびっくりして飛び上がった。いつのまにこんなに近くに来ていたのか、馬の足がリリのすぐ横にあった。黒毛の立派な馬だ。見上げると、騎乗していたのは白銀にちかい金色の髪をした大きな男だった。

男はひらりと馬から下り、リリに歩み寄ってきた。かなりの長身で肩幅が広く、がっしりとした体つきだ。ほかの騎馬兵士たちとは作りがちがう革鎧を身につけている。一目で、上級の男だとわかった。

騎馬兵士たちの大将かもしれない。革鎧はこの男の体に合わせて職人が丁寧に誂（あつら）えた高級品だし、腰に佩いている剣の装飾も見事だ。派手ではないが非常に凝っている。

周囲の兵士たちは、静止してこちらに注目していた。

男は膝を折ると、リリに目線を合わせてくる。

「ここに二十歳くらいの青年が住んでいるはずなのだが、知らないか？」

男は緑色の瞳をしていた。こんなにきれいな瞳を見たのははじめてで、リリはつい見惚れた。

「……きれいなみどり……」

無意識のうちにこぼれたつぶやきに、男は意表をつかれたような顔をしたあと、笑った。太陽のような笑顔だと思った。目も鼻も口も大きくて、笑顔は豪快だ。けれどどことなく品があって、粗野ではない。

「俺の瞳のことか？　それはありがとう。おまえもきれいな黒い瞳をしているな。髪も混じりけのない漆黒で、とてもきれいだ」

褒められた。髪と瞳を褒められたのははじめてで、リリはあまりのことに呆然としてしまった。喜びは、じわじわと湧いてくる。リリの黒髪黒瞳は侍従たちにとってあたりまえすぎて、話題になったこともなかった。

「なにを持っているんだ？　網か？」

「川で、魚をとってて……」

「ああ、なるほど。おまえは川で捕った魚を離宮まで売りに来たのか。いつもそうやって商売をしているのか？」

「や、ちが……、ぼくは、その、ここに住んでて……」

「住んでいる？」

いぶかしげな表情になった男に、リリはハッとして口をつぐんだ。

この騎馬兵士たちがどこのだれかわからない。まだ自分の身分は明かさない方がいいのではないか。とっさにリリはそう判断した。

「おまえはいくつだ？」

「……五歳」

「親は？」

「いない」

そうか、と男が頷く。そこにすらりとした男が現われた。蜂蜜のような金髪で碧眼。こちらも高級そうな革鎧を身に纏っている。しかし目の前の男よりは落ちるだろうか。

「ヒューゴ、どうだった？」

大将らしき男に呼ばれた碧眼の男は、ゆるゆると首を左右に振った。ヒューゴという名前らしい。

「建物の中をくまなく探しましたが、人の姿は発見できませんでした。その子は？」

「ここに住んでいるらしい」

「えっ？　どういうことです？」

「五歳だそうだ。親はいないと言っているが、王子の世話をしていた侍従の身内かもしれない」

王子、という言葉にリリは魚が入った網を落とした。震える手で男の鎧に縋りつく。

まさか、この男たちはガイネス王国から来たのか。サリオラが王都にたどり着き、リリのことを聞いて、わざわざ隊列を組んで迎えに来てくれたのか？

そうだとしたら、サリオラは生きている。

「ねぇ……サリオラに、会ったの？」

「おまえ、やはりサリオラの身内か」

「サリオラはどこに？　生きているの？」

「生きている。苦難の長旅の末に王都ミューラにたどり着いた。いま療養させている」

生きていた。サリオラは生きていた。リリの大切な侍従は生きていたのだ。ちゃんと目的地に着いたのだ。

安堵のあまりリリは地面にへたりこんだ。じわりと目が熱くなってくる。

「よ、よかった……生きてた……死んでなかった……」

サリオラの顔を思い出したら、涙があふれてきた。ぼろぼろとこぼれ落ちてくる涙を両手で拭いたが、作業服の袖口がびしょ濡れになってもまだ涙がとまらない。

「心配していたんだな」

大将がリリを抱きしめてくれた。そのままひょいと抱き上げられる。

「わあっ」

驚いて涙がとまった。経験したことがない高さから周囲を見下ろすことになり、リリはしばし呆然とする。大将は見た目よりもずっと屈強な体の持ち主のようで、リリを片腕に座らせるようにして歩き出した。あまりにも軽々と運ばれてしまう。

「サリオラは安全な場所で療養しているから、もう心配しなくていい」

「りょうよう……。具合がわるいの？」

「年寄りには過酷な旅だったのだろう。俺が出会ったとき、かなり衰弱していた。医師に診せたところ、一夏は療養するようにと言われた」

「ひとなつ」

くりかえすリリを見て、大将が微笑む。至近距離で魅力的な笑顔を向けられ、リリはドキリとした。抱っこされているのが恥ずかしくなってくる。下ろしてほしいと言ったら、きっとすぐに地面に下ろしてくれるだろう。けれどなんとなく、このまま抱っこされていたかった。

（ぼくはいま五歳の姿なんだから、すこしくらい、いいよね……）

この十五年間、だれにも甘えられなかった。侍従たちは過不足なく世話をしてくれ、家族同然の生活をしていても、厳密には家族ではない。主従だった。こんなふうに抱っこしてくれる侍従はいなかった。

（父さまよりも、このひと、おっきい）

王子だったリリに親しく触れ、抱き上げることができたのは両親だけだった。かすかな記憶にある父よりも、この男の方がはるかに頑健な体躯だ。

逞しい肩に寄りかかり、首に顔を向けてみる。ふわっといい匂いがした。甘いような、香ばしいような、安心できるような、そわそわするような――もっと嗅ぎたくなる匂い。

「きれいな指輪をしているな」

男がリリの左手小指の指輪に気づいた。まじまじと凝視されて、そっと右手で左手を包む。

「母さまのかたみ」

「そうか。おまえ、名はなんという」

「リリ……」

「かわいらしい名だな」

また微笑みかけられ、胸のどこかがキュンとした。

「えっと、じゃあ、みんな……ガイネス王国の、人なの……？」

ちょっとうっとりしながら聞いてみる。リリはこの男を、早くも信用しはじめていた。こんなに心地いい匂いをさせている人が、悪い人のはずがない。

「サリオラに聞いて、俺たちはこの離宮にやって来た。おまえ、ここで侍従とともに王子の世話をして暮らしていたのだろう？　呼んできてくれないか。どこかに隠れているのではないか？」

「……王子を迎えにきたの？」

「そうだ」

リリは凭れていた頭をよいしょと起こし、緑色の瞳を見つめた。

「あなたは、だれ？」

「俺はユージーン・ガイネス。ガイネス王国の国王だ」

言い切った男を、リリは目を丸くして見つめた。

「……うそ……」

ガイネス王国の国王がこんなに若いはずがない。父よりも年上だったはずだ。そう聞いていた。それに大国の王が、こんな僻地までわざわざ来るはずがない。リリがなにも知らない子供だと侮って、この男は平然と嘘をついたのだ。

信用しようと思っていたところだったので、リリは衝撃を受けた。腹が立って、「おろして！」とジタバタもがいた。すぐに地面に下ろされる。リリは一目散に離宮の中に駆けこんだ。

「おい、どこへ行く。王子は？」

声を無視して建物の奥へと駆けていく。兵士たちが内部をザッと見て回ったようだが、この離宮はそれだけでは把握しきれない複雑な造りになっていた。リリひとりが隠れられる場所ならいくらでもあるのだ。

リリは外の様子がうかがえる場所に身を潜め、隙間から兵士たちを盗み見た。王と名乗った男――ユージーンはリリを追いかけては来なかった。困ったように立ち尽くし、ヒューゴと呼んだ男と立ち話をしているのが見える。なにを話しているのだろう。

不意にリリは思い出した。そういえば、ユージーンは最初に王子のことをリリに尋ねたとき、「二十歳くらいの青年」と言わなかったか？

本当にあの男はサリオラと会い、十五年前の約束を聞いたのだろうか。聞いたとしたら、なぜ王子に魔法がかかっていて五歳児の姿だと知らないのか。

もしサリオラと会ったことも嘘だったらどうしよう、とリリはうろたえた。生きていると安堵していたのに、サリオラになにかあって隠し持っていた手紙だけが王都に届いたのだとしたら——。不安のあまり嫌な感じで心臓がドキドキする。

やがて兵士たちは離宮と森のあいだに天幕を張りはじめた。そして地面にレンガを組み簡易竈(かまど)を作ると火を熾(おこ)し、煮炊きをはじめた。彼らはここで夜を明かすつもりなのだろうか。

ユージーンは一番大きな天幕に入り、出てきたときには革鎧を脱いでいた。剣も置いてきたのか丸腰で、薄手のシャツ一枚になっている。肩や胸の盛り上がった筋肉が、羨(うらや)ましいほどだ。

「おーい、リリ、出てこいよ」

こちらに呼びかけてきた。

「おまえが捕った魚でスープを作ろうと思うんだが、いっしょに食べないか」

あっ、と声を上げそうになった。網といっしょに魚を落としたのだった。今夜の食事にしようと思っていたのに。

「おーい、リリ、おまえが捕った魚だろう。食べようぜ」

勝手に盗んでおいて、なんて言い方だ。リリはぐっと歯を食いしばって我慢した。お腹が鳴りそうなほど空腹になってきていたが、無視した。リリが呼びかけに反応しないでいると、ユージーンは諦めたのか天幕へと戻ってしまう。腹と心が切なくて、リリは泣きたくなった。

隠れていた場所からそろりと出て、こそこそと厨房へ行く。火を使ったら居場所がバレるので、干し肉を囓りながら水を飲み、飢えをごまかした。

「こんやは、やねうらで寝よう……」

いつもの自分の部屋では寝られない。場所と家具調度品で王子の部屋と特定されているだろうから。

厨房を使えないのとおなじ理由で燭台も使えない。完全に日が暮れたら真っ暗だ。暗くなるまえに、埃っぽい屋根裏にシーツを敷き、持ちこんだ毛布にくるまった。

外から賑やかな談笑が聞こえてくる。彼らは兵士だろうが、ここは戦場ではない。気楽な雰囲気が伝わってきて、ひとりでいた昨日までよりも寂しさが募った。食事に誘われたときに出ていっていたら、いまごろあの輪の中にいられたのだろうか。

ユージーンに抱き上げられたときの高揚感と、あの心地いい体臭が忘れられない。

リリはきつく目を閉じて、考えまいとした。けれど、ぜんぜんうまくいかない。ユージーンはリリの頭の中から少しも追い出されてはくれなかった。

◇◇

天幕から出て、ユージーンは両手を広げると大きく伸びをした。気持ちのいい朝だ。おなじ天幕で休んだヒューゴも出てくる。

「森の空気は清々しくていいですね。適度な湿度と鳥のさえずり。ブロムベルグ王国は英気を養うための癒しの離宮を、もっとも適した場所に建設したようです」

「まあでも、ここは夏用だろう。冬には向かない」

古びた離宮を見遣る。窓が多く、通気性が一番に考えられている構造だ。王族の避暑のために造られたのだろう。暖炉は備わっているが、壁も床も断熱は考慮されていない。この一帯は冬になれば積雪がある。冬を越すのはさぞかし大変だろう。

建物の周囲はぐるりと石畳が敷かれている。ブロムベルグ地方の山からは良質の石材が取れるので、それをふんだんに使用していた。石材の加工と施工の腕はいいようで、十数年も手入れがされていないとは思えないほど歪みがない。しかし一部が剥がされ、畑が作られていた。

こんな場所で十五年も過ごしてきたベルンハード王子の苦労を思うと、はやく対面を果たして今後についての話をしたい。

「朝食はまだできていないようですね」

「馬の様子を見てこよう」

天幕から離れ、馬を繋いでいる場所へ行く。係の兵士から飼葉を与えてもらって機嫌のいい愛馬を、森の中の川へ連れて行くことにした。朝食ができあがるまでには戻ると言い置いて、鞍をはずされた馬を引き、ヒューゴとともに木々のあいだにあるささやかな道を歩く。離宮に住む侍従たちが川へと通ううちに自然とできた道だろうか。

リリはいまどうしているのだろう、と思ったとき、自分たちのあとを何者かがついてくる気配に気づいた。振り向かないようにしつつ視界の隅に見え隠れする小さな黒髪の頭を確認する。リリだ。

ユージーンを拒絶しておきながら、どうしても動向が気になって、建物から出てきたにちがいない。突然現われた騎馬の集団に驚愕していた表情や、サリオラが無事だと知るやいなや泣き出したときのことを思い出すと笑みがこぼれる。

すごくかわいい子だった。あんなに感情が顔に出る子を、ユージーンはひさしぶりに見た。

王族というのは、幼いころから平常心を保つように言い聞かせられる。なにごとにも動じることなく、つねに冷静であれ、と。顔色ひとつで臣下の心が揺れるからだ。アマリアとヒューゴの子供たち、七歳のハラルドと五歳のカタリーナもすでにそういう教育を受けていて、落ち着いて話せるようになってきた。無邪気に笑いかけて甘えてくれるのは、一歳になったばかりのロベルトだけだ。

王族の子としては正しい成長過程をたどっているのだが、伯父としては少々寂しい。

「陛下、気づいておいでですか？」

「うん、リリだろ」

「われわれが気になるのですね」

ヒューゴもひそかに笑っている。せっかく建物から出てきてくれたのだからそっとしておこうと、知らぬふりをして歩いた。川は生活に利用するにはちょうどいい規模に見えた。澄んだ水に馬は喜び、すぐに飲みはじめる。馬番から借りてきたブラシで、馬の体を擦ってやった。

背後にいたリリはユージーンたちの周囲をぐるりと大回りして川辺に出てきたようだ。岩陰からこちらを観察している。リリが身を隠せるていどの大きさの岩がいくつかあった。

「陛下、リリからはやくベルンハード王子の情報を得たいですね」

ヒューゴが遠巻きにしているリリに聞こえないていどの声量で話しかけてきた。川の流れの音もあるので、リリには届いていないだろう。

「あの離宮には隠し部屋があるのでしょうか」

「だろうな」

「陛下が命じてくだされば、もっと詳しく、隅から隅まで調べますが……」

「もうすこし様子を見よう。まずはリリの信用を得たい」

ユージーンは苦笑いしながらブラシを動かす。愛馬が振り向き、ブルルルッと鼻を鳴らした。

サリオラを同行させることができていたら、王子との対面は即座に果たされていたにちがいない。しかしサリオラは寝付いている。あのあと高熱を発してしまい、意識がはっきりとしている時間がほとんどなくなった。当然詳しい話は聞けず、この離宮の場所を地図上で指し示す以上のことはできなかったのだ。

おかげでベルンハード王子の容姿どころか人となりも知ることができなかった。同盟国だったため、ブロムベルグ王国の王族に関する記録は残っており、王子の生年月日だけは知ることができたが。

「ブロムベルグ王家は黒髪黒瞳が多いという話だ。リリもそうだったな。もしかしてあの子は侍従の身内ではなく、王族なのか？」

「その可能性は捨てきれませんね」

「名を尋ねたとき、姓を教えてくれなかった。それに、リリの左手小指にはめられた指輪……。精緻（せいち）な模様が彫りこまれた黄金製で、リリは母親の形見だと言っていた。あの模様、ブロムベルグ王家の紋章のように見えたのだが……確認したいな」

「指輪がはめられていることには気づいていましたが、私は模様までは見ていません」

ヒューゴが手をとめて考えこむ。

「しかしブロムベルグ王国が滅びてからすでに十五年が経過しています。五歳のリリはだれの子です？　王族はベルンハード王子以外、男性はすべて戦死したか処刑され、女性は処刑された王妃以外は自害しているはずです」

「当のベルンハード王子がいるだろう。現在二十歳だ」

「待ってください、リリは王子の子だとでも言うつもりですか。無理がありませんか」

「無理ではない。リリは五歳。ここで生まれた可能性が高い。王子が父親だったら女の腹に種を仕込んだのは十四歳。余裕でできる」

「陛下、その言い方はちょっと……」

「サリオラは侍従ばかり六人いたと言ったが、もしかして侍女もいたかもしれない。もしくは許嫁（いいなずけ）もひそかに連れてきたか」

「あのですね、自分を基準に考えないでください」

「べつに自分を基準にしていないが？」

「普通は十四歳で子供ができるような行為などしません」

「そうか？　だが王族は――」

そんな他愛もないやりとりをしていたときだ。バシャンと大きな水音がした。振り向いたときには、もうユージーンは走り出していた。リリが潜んでいたあたりへ全速力で駆けていく。リリの背丈ほどの大きさの岩を回りこむと、川の深みに落ちた子供の姿を発見した。

「リリ！」

水の中のリリと目が合う。ユージーンとリリはほぼ同時に手を伸ばしていた。細い腕を掴み、一気に引き上げる。ずぶ濡れのリリを抱き上げて河原へ戻った。落ちたときに水を飲んでしまったようで、リリは咳きこんだ。小さな背中を擦ってやる。

「大丈夫か？」

リリは咳をしながら頷いたが、ユージーンはリリの全身を点検した。手足にケガはないようだ。頭も打っていない。足を滑らせて川に落ちたのだろうが、運がよかった。倒れた先に岩があったらたいへんな大ケガをしていたかもしれない。

「陛下、リリにケガは？」

「ないようだ」

「濡れましたね。天幕で着替えましょう。リリもいっしょに」

ヒューゴに促されて、咳が治まってきたリリを抱き上げ、森の中を通って天幕に戻った。ヒューゴが河原に置いてきた馬の世話を兵士に命じ、さらに離宮の中からリリの着替えを探してくるようにと指示を出している。

ユージーンは自分用の天幕の隅でリリを下ろした。先にリリの服を脱がそうとすると、抵抗にあう。俯いて、「ぼく、自分でできる」と言うので、手を出さないことにした。

リリがもたもたとボタンを外しているのを横目に、ユージーンは素早く濡れたシャツを脱いでしまう。荷物の中からあたらしいシャツを出して羽織ったところで、衝立越しにヒューゴがリリの服を差し出してきた。

「リリ、着替えはこれでいいか？」

仕立てがよさそうではあるが、古びた子供用のシャツとズボンだ。リリはやっとボタンを外し終わったところで、大きなくしゃみをした。本人に任せていたら着替えが完了するまえに風邪を引きそうだ。

「手伝うぞ」

宣言をしてから、ユージーンは布でリリの濡れた髪を拭いてやりながら、肌に張りつくようになっている服を脱がせた。リリは「やだ」と抗ったが、無視する。川に落ちたときに本当にケガがなかったか、全裸にしてあらためて確認した。

白い肌には傷ひとつない。だからこそ手の荒れ具合が目立ち、ユージーンは眉をひそめた。リリが王子の身の回りのことをすべてやっているから、手が荒れているのかもしれない。

（こんな小さい子が……）

子供は大人に守られて、年相応の学習をし、よく遊ばなければならない。リリの環境は最悪といっていいだろう。ベルンハード王子はいったいどこに隠れているのか。リリのことをどう考えているのか。

ひそかに憤りながらリリの体を布で拭いてやっていたら、いささか乱暴に扱ってしまったらしい。ユージーンの手の中でリリがもみくちゃになっていた。黒髪がぼさぼさで目を回した感じにふらついているリリを、慌てて抱きしめた。

「よしよし、すまない。力加減を誤った」

服を着せてやり、抱き上げて天幕を出る。ヒューゴが待っていた。

「陛下、ちょうど食事ができたところです」

折りたたみ式のテーブルと椅子が広げられ、大人二人分の皿に加えて、小皿と匙が用意されていた。説明されなくともリリの分だとわかる。ヒューゴが気を利かせたのだろう。だが子供用の椅子はない。

ユージーンは椅子に座ると、リリを膝の上に乗せた。

「ほら、食べろ。体が冷えただろう。温まるぞ」

リリの視線は湯気がたつスープに釘付けだ。干し肉と野菜のスープからは、美味そうな匂いがしている。リリの腹から、キュルキュルという可愛らしい音が聞こえた。恥ずかしそうに俯いてしまったリリに、ユージーンはパンもすすめた。

「腹が減っているなら遠慮せずに食べろ。昨日はおまえの獲物をこちらがいただいてしまったんだ。その礼だと思えばいい」

昨日、リリが捕った川魚をスープにしたのは、いっしょに食べようと思ったからだった。誘えば来ると簡単に考えていたユージーンは、あとでヒューゴに「本人の許可なく調理したら、それは略奪です」と叱られた。

リリがおずおずとパンを一切れ受け取ってくれた。野生の獣が懐いたような感動がある。リリはパンを一口囓ると、「おいしい……」と呟いた。

「ほら、こっちのスープも食べろ」

調子に乗ったユージーンは匙でスープをすくい、リリの口元へと運ぶ。ぱくんと食いついたリリが、こくんとスープを飲んだ。

「おいしい！」

笑顔になったリリに、ユージーンだけでなく周囲で見守っていた兵士たちもほっこりした。ヒューゴは複雑そうな表情になっている。リリが哀れになってきたのだろう。自分の子となじ年頃だ。

リリが夢中で食べはじめたので、ユージーンも安心して食事にとりかかった。膝から落ちないように片手でずっとリリを支えていなければならない。利き腕だけの食事はいささか不便だったが、リリのためならなんてことはなかった。

あらかた食べ終わったのを見計らって、ヒューゴがリリに話しかけた。

「ベルンハード王子がどこにいるか、教えてくれないか？」

穏やかな口調だったが、リリが膝の上で緊張したのがわかる。ぐっと唇を引き結んで、リリは俯いた。

「リリ、俺たちのことがまだ信用できないのか」

「……ほんとうに、ガイネスの国王なの？」

首を捻ってリリがユージーンの顔を見上げてきた。黒い瞳が揺れ動いている。敵愾心は感じられず、信じたいけれど信じ切れない、といった迷いが表われていた。

「……あなたのこと、みんなが、陛下って呼んでる……。でもガイネスの国王は、こんなに若くないはずだけど」

「代替わりしたんだ。もう十年になる」

「じゅ、十年？」

リリが愕然とした顔になった。サリオラも知らなかったそうだから、リリが驚くのも無理はない。この森の中の離宮は隠遁生活に適していたかもしれない。しかし外の情報まで遮断してしまったのはまちがいだったと思う。

「リリはこの離宮に住んでいた大人たちからしか、周辺国の事情を教えてもらっていなかったんだな。だから十五年前の古い情報がすべてになってしまっている」

「古い……じょうほう」

五歳のリリがどこまで理解できるかわからないが、ユージーンは十五年間のあれこれをザッと説明した。

リリは真剣な面持ちで聞いていた。けれど南のエーンルート王国だけでなく、ブロムベルグ王国を滅ぼした西のダマート王国まで滅亡したと知り、気絶しかかった。

「おい、しっかりしろ」

軽く揺さぶったら正気にかえったが、リリはいささか焦点のあっていない目で、「うそ……

そんなこと」とつぶやいている。

「本当だ。サリオラも驚いていた」

「じゃあ、ガイネス王国って、いま――」

黒い瞳がこぼれ落ちそうなくらいに見開かれ、ユージーンを凝視する。

「いま、ものすごくおっきくなってるってこと……？」

「ああ、まあ、そうだな。おっきいな」

子供らしい表現に、思わず笑ってしまう。

「ガイネス王国の周辺には、もう対抗できるほどの力がある国はない。だから戦争終結からの十年は、内政に注力してきた。戦場となり荒廃してしまった各地の復興と戦死傷者への補償、人口増加に転じてからの食糧増産だとか地方都市の治安維持だとか、まあいろいろと忙しかった。俺なりに、頑張ってきたよ。その甲斐あってか、そこそこ落ち着いたいい国になってきたと思う」

ユージーンは自分の仕事に自信があった。それだけ心血を注いできたし、臣下たちもよく働いてくれた。

「誓って言うが、俺は先代の王とブロムベルグ国王とのあいだで交された約束を知らなかった。あのとき、ガイネス王国も混乱していた。いきなりの宣戦布告だったからな。俺は戦場にいたし、父は不眠不休で戦術と戦略を練っていて――それで倒れたんだろうが……」

「なにも、聞いていなかったの」

「聞いていなかった」

そっか、とリリがしょんぼりと肩を落とす。ユージーンはよしよし、と背中を撫でた。

「現在のガイネス王国にはいろいろな面で余裕がある。だから、ベルンハード王子には安心してここから出てきてもらいたい。悪いようにはしない」

リリはしばらく考えこんでから、サリオラの名を出した。

「王子のこと、サリオラはなにか言っていなかったの？　その、どういう人なのかとか――」

「それが高熱で寝込んでしまい、この離宮の場所を伝えるので精一杯という感じだった。王子の人となりはなにひとつ聞き出せなかったのだ。まあ公式の記録にあった生年月日から二十歳になる青年だということはわかったので、とりあえず急いで迎えに行こうと一個小隊でここまでやってきた。なにせ十年以上も待たせたわけだからな」

話しながらリリの黒髪に顔を寄せる。ちょうどその位置にあったからで、なんとなく。深い意味はない。ふわりといい匂いがした。

（リリの体臭か？）

川に落ちたばかりだから香水ではないだろう。子供特有の体温の高さがまた腹や大腿を温めてくれてちょうどいい。こっそり匂いを嗅ぎながらリリの返事を待っていたら、テーブルを挟んで正面にいるヒューゴが変な顔をしていた。

「なにをしているのですか」

「いや、ちょっと……」

「リリ、寝ていますよ」

かくん、とリリの頭が横に落ちる。慌てて抱えなおすと、リリは目を閉じて寝息を立てていた。

「腹がいっぱいになったのかな」

「昨夜、よく眠れなかったのかもしれませんね。我々のせいで」

「ああ、そうかも。俺の天幕で寝かせてもいいか？」

「ご自由にどうぞ」

ヒューゴの許可が出たので、ユージーンはリリを天幕に運び、自分の寝台に寝かせた。ついでに左手小指の指輪を観察させてもらう。やはり刻みこまれた模様はブロムベルグ王家の紋章に似ている。ただユージーンは公文書に残っていた記録をちらりと見ただけなので、ぜったいにそうだと言い切る自信はなかった。

リリのあどけない寝顔につい笑みがこぼれる。

「ゆっくり寝ろ」

頭を一撫でして、天幕を出た。

とても楽しい夢を見たような気がする。

◇◇

目が覚めると、リリは見覚えのない場所に横たわっていた。天井も壁も白い布で、太陽の光がほのかに透けて見える。リリは寝台に寝ているようだ。小柄な体はふわふわの布団に埋まっている。しかも布団はとてもいい匂いがした。

（ああ、いいにおい）

布団に顔を埋めてクンカクンカと匂いを嗅ぐ。つい最近どこかで嗅いだ匂いだ。このままずっと嗅いでいたいくらいに、リリの好みにぴったりの匂い。どこだったっけ、と記憶を探るが、すぐに匂いに意識を奪われてしまう。思考能力を著しく奪う匂いだ。

「リリ、そろそろ起きないか？　ああ、目が覚めていたのか」

声をかけられてびっくりした。ユージーンがリリを見下ろしている。慌てて体を起こし、自分がいる場所がわかった。ユージーンの天幕だ。リリはユージーンの寝台にいるのだ。どうりで嗅いだ覚えがある匂いだと思った。

朝食を分けてもらい、食べ終えてから話を聞いたが、そのあとの記憶がない。腹が満たされたせいでリリはきっと寝てしまったのだ。ユージーンの膝の上で。昨日の夜、あまり眠れなかったせいだろう。

「よく眠れたか？」

ユージーンが笑いかけながらリリの頭を撫でてくれる。五歳児と信じられているから優しくしてくれるのだろう。リリはつい甘えるようにその大きな手に頭を預けてしまう。

「おいで。お茶でも飲もう」

ユージーンはリリをひょいと抱き上げ、片腕に乗せると天幕を出た。朝食を食べたテーブルでヒューゴがお茶を淹れていた。茶葉の爽やかな香りに、リリは内心歓喜する。

お茶なんて、もう何年も飲んでいない。朝食のパンもそうだ。備蓄されていた小麦が尽きたのは何年前だっただろうか。ひさしぶりに食べたパンは本当に美味しかった。スープもじんわりと滋養が染みてくるようで、夢中になって食べてしまった。きっと行儀が悪かっただろうに、ユージーンもヒューゴもなにも言わなかった。

「熱いから気をつけて」

ユージーンに抱っこされたままテーブルにつく。ティーカップの中の琥珀色のお茶に、リリは感動した。ちびちびと大切に飲む。

「おいしいです」

「それはよかった」

ヒューゴがにっこり笑顔になる。ユージーンの側近らしいヒューゴは、物腰が柔らかくて賢そうだ。ユージーンもお茶を飲み、リリと目を合わせると笑った。ユージーンの胸元からは、やっぱりいい匂いがしている。今朝聞いた話が事実なら、ユージーンはガイネス王国の国王だ。特別に調合させた香水を使っているのかもしれない。

「陛下、よろしいですか」

兵士が声をかけてきて、森の中とその周辺を調査した結果を報告してきた。さらにべつの兵士が最寄りの街の様子も報告してくる。気づくとユージーンに話がある兵士が何人も並んでいた。ユージーンはすべての話を丁寧に聞いたうえで、次の指示を出す。リリにはわからない話もわかる話もあった。部外者であるリリが聞いてもいい話なのかどうかわからなかったが、ユージーンの声を聞いていたくてじっと動かないようにしていた。

連絡事項は多岐(たき)にわたっている。ユージーンは五十人ほどの一個小隊を連れて来ているようで、森の中に入ってきたのは、その半分。残りは森の外に天幕を張り、待機しているらしい。そちらと兵士が入れ替わったり食糧の補給を受けたりしているようだ。

「リリ、こちらへ」

途中でヒューゴがリリをユージーンから離そうとした。だがリリはユージーンのシャツをぎゅっと掴んで離れる意志がないことを示す。

「このままで構わない」

ユージーンが笑って許してくれ、以降、リリはユージーンにべったりくっついて一日を過ごした。ユージーンが移動するときは抱っこ、食事は膝の上という具合だ。リリは至福のときを堪能した。

その夜は、朝寝に使わせてもらった寝台で、ユージーンといっしょに寝た。

「あの、あの、いっしょに寝たいの……」

どうせ五歳児の姿なのだ。それを利用してわがままを言ってみたら、ユージーンは「わかった」と頷いてくれた。それだけでなく、愛称「ジーン」と呼ぶことまで許してくれた。

「ジーン？」

「そうだ。リリだけ、そう呼んでもいいことにする」

「ジーン！」

キャッと抱きついたら、ユージーンは楽しそうに笑った。

ヒューゴは「甘やかしすぎでは？」と呆れた顔をしていたが、ユージーンは前言撤回などせず、リリを胸に抱いて寝てくれた。

ユージーンの匂いに包まれて眠りにつく。最高に安心できて、最高に幸せだった。こんな幸福を知ってしまっては、ひとりに戻れない。離れたくない。ずっとユージーンのそばにいたい。

切実な願いは、きっとかなわない。リリは五歳児。どこからどう見ても五歳児。二十歳の王子には見えない。秘密を打ち明けても、ユージーンが信じてくれるかどうかはわからなかった。

たぶん信じてもらえないだろう。

母は「魔法を使えるエルフはもういない。私が最後」と言っていた。あれから十五年。ブロムベルグ王国だけでなく、ダマート王国もエーンルート王国も滅亡し、世界が変化した。魔法が存在した時代があったことすら人々は忘れているかもしれない。

母がリリにかけた魔法が解けない限り、リリは五歳児のままだ。ユージーンはこの地を去るとき、どこのだれともわからないリリのことなど放っていくだろう。いま優しくしてくれるのは、限定的だからにちがいない。

リリはユージーンの逞しい胸に顔を埋めて、別れのときを想像しないようにした。

翌朝、目が覚めるとリリは寝台にひとりだった。天幕はうっすらと太陽の光を通すので、もう朝が来ているとわかる。兵士たちの足音がいったりきたりしている。昨日の朝よりも慌ただしい感じがした。

リリは寝台を下り、天幕の外に出た。

「えっ……」

思いも寄らない光景に、リリは愕然と立ち尽くす。食事用のテーブルと椅子は昨日とおなじ場所にあったが、それ以外のものは片付けられていた。

いくつも並んでいた天幕は、リリが寝ていたユージーンのものだけが残され、あとはすべて畳まれている。簡易竈もなく、地面には火が焚かれた跡しかない。兵士たちは荷車に装備を積みこむ作業をしていた。だから慌ただしく感じたのだ。

（どうしてかたづけているの。もう帰るの。まだ三日目だよね）

ユージーンを探すと、石畳の上に立ち、ヒューゴと並んで離宮の建物を眺めていた。

「ジーン！」

リリの声にユージーンが振り返る。昨日と変わらない笑顔にホッとしつつも、不安で胸がいっぱいだ。

「起きたか、リリ。そろそろ起こそうと思っていたところだ。おまえの朝飯はとっておいてあるから――」

「か、帰っちゃうの？」

「ああ、いったん森から出ようと思って」

「どうして」

「俺たちがここに居座ったままだとベルンハード王子に会えなさそうだからな」

あっさりとそう言ったユージーンに、リリは棒立ちになった。

森を出る……。リリが王子のことをなにも明かさないから、ユージーンは諦めたのか。リリのせいか。ぜんぶリリの。

「ぼく、ぼく……」

膝ががくがくと揺れた。絶望のあまり頭から血の気が引いていく。

「リリ？　どうした？」

「ぼくを置いていくの。ぼくがなにも話さないからいけないの。ぜんぶ話すから、置いていかないで、ここに、ここはいやだ、ここは」

「リリ、落ち着け」

ユージーンがリリの両肩に手を置く。揺さぶられてもリリの動揺はおさまらない。

「ぜんぶ話す。かくしていること、話すから、置いていかないで！」

「置いていかない。王都に戻るときは連れて行くと決めていた」

「ひとりはいやだっ！」

心から叫んだ。そして、この姿でいるのはもういやだと、心から拒絶した。

その瞬間、体のどこかでなにかが弾けた。

ぐんっと視界が開け、目線が上がった。なぜかユージーンはもう身を屈めていなかった。やや下を向いているだけでリリの目線と近い。ユージーンの緑色の瞳が丸く見開かれていた。

「……リリ、おまえ……」

「え……」

なにが起こったのか、すぐには理解できない。一陣の風が吹き、リリの視界に長い黒髪が入りこんだ。

（長い、黒髪……。だれの？）

ゆらゆらと揺れている髪を掴もうと手を動かし、ハッとした。見慣れた五歳児の手ではなかった。大きい。指が長く、母の手に似ていた。左手の小指には金色の指輪がはまっている。

「えっ？」

指輪はまぎれもなく十五年間自分がつけていたものだった。五歳児の小指にぴったりだったのに、勝手に伸びたのか大きくなったのか、なぜだかいま大人の指にぴったりだ。

「うそ、どうして？」

両手で顔を触ってみる。体を見下ろしてみる。大人の体型になっていた。五歳児用の服はボロ布のようになって、ひらひらと落ちていく。リリはほぼ裸状態だった。

「リリ、どういうことだ。おまえはどこのだれだ。これはどういう仕掛けだ」

ユージーンがはじめて見る厳しい目をリリに向けていた。どういうことなのかリリ自身もわからない。指輪がはまったままなのに大人になったのはどうしてだろう。

なにか言おうとして、「くしゅん」とくしゃみが出た。ユージーンはリリの全身を見下ろしてギョッとした顔になり、慌てたように横抱きにする。

「こっちを見るな！」

事の成り行きを目撃して呆然としている兵士たちに怒鳴り、ユージーンはひとつだけ残された天幕へ駆けていく。ヒューゴがあとを追ってきた。中に運ばれて、リリは寝台に押しこまれる。布団で体を隠された。

ユージーンはリリに背中を向けて立ち、深呼吸をくりかえしている。

(そうか、子供じゃないから……)

川に落ちて着替えさせられたとき、ユージーンはリリの裸を見ても無反応だった。いまとぜんぜんちがう。子供だったのだから当然だ。

(でもいまは)

リリは男だが、公衆の面前でいきなり全裸になったから、ユージーンがとっさに天幕まで連れてきてくれたのか。

リリはそっと布団をめくり、自分の体をまじまじと見てみた。股間にあるものの形がじゃっかん変化していて、性教育の本に描かれていた絵に近かった。

(……大人だ……)

本当に大人になっている。どうして？　指輪ははまったままだから魔法は解けていない。大きくなりたいと願ったから？

理由はわからないけど、嬉しい。大人になれた。もう一生、子供のままだと諦めていたから、すごく嬉しい。

「さて、事情を聞こうか」

ユージーンが折りたたみの椅子を持ってきてリリの正面に座った。ヒューゴは見える位置に立ち、眉間に皺を寄せている。

「事情……」

「まず、おまえはだれだ。ただの人間ではないのか」

え、とリリはびっくりした。人間であるかどうかを疑われていたとは思わなかった。

「僕は、リリです」

ユージーンが目を眇める。信じていない表情だ。

「本当に僕はリリです。リリ・ベルンハード・ブロムベルグ。この離宮で暮らしていたブロムベルグ王家最後の王子は、僕です」

「なんだと？」

ユージーンとヒューゴが顔を見合わせた。

「ベルンハード王子？　おまえが？　というか、リリが？　リリというのは愛称か幼名だったのか？」

「リリというのは呼び名です。便宜上というか、日常使いする名で、正式名はベルンハードといいます。ブロムベルグ王家では昔からあった習慣です」

リリは母が魔法を使えたこと、左手小指の指輪が成長を止めていたことを話した。サリオラに健康上の問題がなければ、すべてユージーンに伝わっていたはずのことだ。

「魔法だと？　ブロムベルグ王国の最後の王妃は、魔女だったのか？」

「ちがいます。エルフの末裔です。母さまはエルフの能力をうけついだ最後の存在でした。この森にも母さまの魔法がかけられていて、外部から人が入れないように結界がつくられていたのです。けれどこの十五年で解けてしまいました」

ユージーンはしばし考えこんでいたが、顔を上げると「まだ信じられないが、この目で見てしまったからな……」とリリに眩しそうな目を向ける。

「どうして王妃は息子に魔法の指輪をはめたのだ？」

「それは……僕がオメガだからです」

ユージーンが息を飲んだのがわかった。ヒューゴも固まったように動かない。あまりの驚きように、リリの方が困惑した。

「僕、変なこと言いました？　ジーン？」

「オメガだと？」

「はい、母さまがそう――」

「どうしてわかったのだ。五歳のときに魔法によって成長を止められたのだろう。まだ発情期は来ていなかったはずだ」

「もちろん、そうした兆候はありませんでした。でも母さまにはわかったようです。エルフに備わる能力のひとつだったのかもしれません」

「オメガ……本当に……？」

ユージーンは大きく息を吐き、両手で頭を抱えるようにした。

「おまえは……――いや、ベルンハード殿はオメガがどういうものか理解しているのか」

「ジーン、僕のことはいままで通りにリリと呼んでください。ベルンハード殿なんて、そんな堅苦しいのはいやです」

拗ねた気分になってそう抗議したら、ユージーンはなぜかがくりと項垂れた。ヒューゴが苦笑いして、「しっかりしてください」とユージーンの肩を叩く。

「大丈夫ですか？　どこか具合でも？」

リリが寝台を下りて近づこうと身動ぐと、ユージーンが慌てて椅子から立ち上がった。

「近寄らないでくれ」

「え……」

予想外の拒絶に、リリは凍りつく。どうして近づいてはいけないのかわからない。青ざめたリリを気遣ってくれたのは、ヒューゴだった。

「ベルンハード殿、申し訳ありません。あなたがオメガだと聞いて、陛下は動揺しているだけです。主君の無礼を、私が代わってお詫びいたします」

「……僕がオメガだといけないのですか？」

「それは、まあ、オメガは希少な種になってひさしいので、市井ではほとんど見かけません。あなたがオメガでいけないことはないのですが、陛下はアルファ性なので、いささか都合が――」

「ジーンはアルファなの？」

天幕の隅まで下がってしまったユージーンを見る。堂々とした体躯と威厳。大国の王にふさわしい器の広さ、統率力。たしかにアルファの特徴を備えている。どうしてアルファかもしれないと思わなかったのだろうか。

「そう、ジーンはアルファなの。え、だったら、ジーンの体からいい匂いがするのはアルファだから？」

なにげない一言が、ユージーンとヒューゴをまたもや硬直させた。それに気づくことなく、リリはある可能性を思いついた。

「もしかしてジーンは、僕のためのアルファなのかな？」

そうだったらいいのに、とリリはご機嫌になった。しかしユージーンは天を仰ぎ、ヒューゴは引きつった笑顔になっている。

「ベルンハード殿、あのですね、そうした発言は控えてください。陛下もあなたも、立場がある身です。だれか心ないものに聞かれて、よくない噂を流されては困ります」

「ごめんなさい……。でもあの」

「なんです」

「僕のことはリリと呼んでください」

「……わかりました……」

そのとき天幕の外にだれかが来た。ヒューゴが応対して、足音が去って行く。

「私の服です。リリ殿、申し訳ありませんが、いまはこれを着ていてもらえますか」

ヒューゴが手渡してきたのは、装飾がいっさいないシャツとズボンだった。たしかにいまヒューゴが着ているものに似ている。

リリは寝台から出た。サッとユージーンが背中を向ける。大人になったリリの裸を見ないようにしてくれているとわかっていても、とても寂しい。広い背中がリリを拒んでいた。

五歳児の姿はもういや、年相応の体になりたいと願ったが、こんなふうにユージーンに背中を向けられることは予想していなかった。

（こんなことなら、五歳児のままの方がよかったのかもしれない……）

大人になってしまったから、きっともう抱っこしてくれない。それどころかリリがオメガだと知って、近づくことすら許されなくなるかもしれない。

悲しくなってきて俯いたら、じわりと目が熱くなってきた。こぼれた涙がひとしずく、足下に落ちていった、その瞬間――。

ふっと視界が揺らいだ。目線が一気に低くなり、リリは呆然としているヒューゴの様子から、なにが起こったか察した。両手を広げて見ると、見慣れた幼児の手だ。

リリは五歳児に戻っていたのだった。

リリがユージーンの寝台で丸くなって眠っている。その寝顔には涙のあとがあった。

ユージーンの目の前で青年の姿になり、半刻もしないうちに五歳児の姿に戻った。子供に戻ったのは不本意だったらしく、リリは大泣きしたのだ。ヒューゴが慰めたがなかなかおさまらず、そのうち泣き疲れたのか眠ってしまった。

天幕の外へとヒューゴを促す。テーブルと椅子がまだそのまま置かれていたので、ユージーンは座った。大きなため息が出た。

「……まいったな……」

めったなことでは弱音を吐かないユージーンだが、さすがにこれは困惑する。

「サリオラからもっと話を聞いておくべきだった」

「もし聞いていたとしても、我々はそれを信じたでしょうか。魔法ですよ」

「……信じなかっただろうな」

いまだに半信半疑だ。目の前でリリの姿が変化するのを見てしまったから、なんとか事実として受け止めようとしているところだ。

◇　◇

「しかし、これでベルンハード王子が発見できない理由がわかりました。リリがその人ならば、見つからないのは当然です。おかしいと思っていたのですよ。位置的に王子の居室としか思えない部屋の収納には、子供服しかなかったのですから」

ヒューゴは離宮内をくまなく捜索させた。隠し部屋がいくつか見つかったが、積もった埃には子供の足跡しかなかった。わずかな食糧は、リリがユージーンと食事をともにするようになってから減っていない。

「リリがベルンハード王子だったという結論でよろしいですか」

「まあ、それしかないだろう。リリ以外にこの離宮に住むものはいないからな」

「……オメガだというのは、本当でしょうか」

「どうだろうな……」

「じつは、私はオメガに会ったことがないのです。経験不足で申し訳ありません」

「そんなの、俺もだ」

一般の民はほぼベータだ。王族と上流階級の中にはアルファが多い。

アルファはアルファの親から生まれる。アルファとオメガの組み合わせからはほぼアルファが生まれ、ごく稀（まれ）にオメガが出現する。ベータとアルファの組み合わせだと、ベータとアルファが半々の割合で生まれる。ベータとベータでは、ベータしか生まれない。

オメガはめったに生まれず、人口の多い王都の中でも数年に一人といった割合で、良家の子女ならば屋敷に軟禁され、じきに親がアルファの結婚相手をみつくろう。

市井に出現した場合、よほど家族がしっかり保護しないと不幸な結末しか待っていない。だいたい突然の発情期によって本人と周囲の人間はオメガと知ることになる。本人の意志に関係なく近くにいたアルファに襲われ、番となってそのまま夫婦になるならまだいいが、人買いに売り飛ばされることが多いと聞く。

人買いの元から密かに貴族のアルファの手に渡り、玩具（おもちゃ）のように扱われるか、それとも娼館で客をとることになるか――。

五歳で第二の性が判明したなどという話は、聞いたことがない。

けれどそう断じたリリの母は、エルフの末裔だったという。リリの身を案じて魔法をかけたらしい。保護者のいないオメガの悲劇を、よく知っていたのだろう。ブロムベルグ王国の国王がオメガだったという話は聞いたことがないので、この母がオメガだった可能性が高い。

『ジーンの体からいい匂いがするのは、アルファだから？』

『もしかしてジーンは、僕のためのアルファなのかな？』

嬉しそうに、すこし恥ずかしそうに言ったリリの顔が思い浮かぶ。

相手がリリでなければ、「そんなわけがあるか！」と怒鳴っていたところだ。

しかしリリだ。ユージーンもリリを抱っこしているとき、いい匂いがすると思っていた。おたがいに体臭を心地いいと感じていたことになる。これはどういう意味を持つのだろうか。

（……まさか……）

運命の番なんて、作り話か伝説だと思っていた。

たしかに大人になったリリは非常に魅力的な青年だった。濡れたような長い黒髪に黒曜石の瞳、白い肌。すらりと細い手足は女ほど非力な感じではなかったが、平均的な男よりもしなやかだった。

裸同然の格好で近づかれ、衝動的に抱きしめてくちづけてしまいそうになった。それほどにユージーンのなにかをかき立てるものがあった。さらにあの無防備な笑み。柄にもなく焦り、直視できなかった。

おそらく挙動不審だっただろう。おのれの言動がリリを傷つけたかもしれなくて、ユージーンはいまさらながら落ちこんでくる。

リリは実年齢が二十歳にしては幼い言動だった。外界から閉ざされた離宮で六人の侍従とだけ暮らしていたのだ。もしかしたら七歳になる甥のハロルドよりも世知に長けていないかもしれない。

そんなリリに、動揺していたとはいえ拒絶するような態度をとってしまったのだ。

（リリが目覚めたら謝ろう。そしてつぎに大人の姿になったときは、慌てず騒がず国王らしい威厳を持って接しよう）

ユージーンはそう心に決めた。

（問題はリリが本当にオメガだった場合だ）

いくつか思いついたことをヒューゴに尋ねる。

「もしオメガだとしても、子供の姿でいるあいだは発情期は来ないだろう。離宮の中に発情抑制剤らしきものはあったか？」

「わかりません。至急、探させます。ですが……ないかもしれませんね」

「これから王都へ移動するのに、途中で完全に大人になり、発情期を迎えたら大変なことになる。あいにく抑制剤なんてものは荷物に入っていない。道中、手に入りそうな街を調べろ。さらに、王都へ早馬を走らせ、オメガ対策をするように知らせろ」

「わかりました」

「ああそれと、王子のために侍従を連れて来ていただろう。呼んでくれ」

ヒューゴはすぐに森の外で待機している別働隊に連絡をとり、若い男を呼び寄せた。

「陛下、お呼びでしょうか」

ユージーンの前で膝をつき、臣下の礼をとった中肉中背の男は黒褐色の髪と瞳で、年の頃は三十歳くらい。落ち着いた雰囲気のベータの青年だった。浮ついたところがなく、悪くない。

「名は？」

「テーム・ティルスと申します」

「ティルスはガイネス王家に仕えて十年になります。今回の事案にあたり、侍従長の推薦によって選抜されました」

ヒューゴの説明に頷く。問題なく十年仕えて侍従長が推薦するほど優秀ならば、ユージーンも安心してリリを任せられる。

「天幕の中にベルンハード王子がいる。世話を頼む。詳しいことはヒューゴに聞いてくれ」

そう命じると、心得ていたらしいティルスは表情を変えずに深々と頭を下げた。

とても悲しい夢を見た気がした。

リリはゆっくりと目を覚まし、ぼんやりと天幕の白さを眺める。目に違和感があった。ガサガサしぱしぱする。喉もちょっと痛いような気がするのは、なぜだろう。

寝るまえの出来事を思い出し、リリはくるまっていた布団の中から両手を出した。見慣れた子供の手だった。母のような大人の手になったのは、夢だったのだろうか。

「お目覚めですか？」

声をかけられてビクッとした。リリの視界に黒褐色の髪と瞳の男が入ってくる。はじめて見る顔だ。ユージーンとヒューゴのそばで、雑用を担当していた兵士たちの中にはいなかったと思う。

飾り気のない地味な色目の服を着ているが、動きやすさを追求した兵士のそれとはちがい、上着の袖と下衣の裾が広がった意匠だ。サリオラたちが着ていた服に似ている。

「朝食を召し上がっていないと聞きました。なにかお召し上がりになりますか」

穏やかな話し方と、ユージーンの天幕に入っている事実から、不審者ではないのだろうなとわかる。

「……だれですか」

「失礼しました。わたくしはガイネス王国の王城に仕える侍従、テーム・ティルスと申します」

「侍従……」

「このたび、ベルンハード王子の身の回りのお世話をするために同行しております。王都までの道中、王子殿下が快適にお過ごしになられるよう、努めたいと思います」

物腰やわらかな男は侍従だった。来ている服はガイネス王国の侍従のものなのだろう。

「ぼくのこと、王子って……」

「事情はミルワード様から聞きました」

ミルワードってだれ？　と疑問を抱いてからすぐ、ヒューゴのことだと思い出した。

「魔法がかけられた指輪で成長を止められているとか。ブロムベルグ王国は不思議な国だったのですね」

不思議な国、の一言でティルスは片付けてしまい、リリに着替えを促してきた。彼にとって理解できない魔法の理屈を深掘りすることよりも、リリが裸同然でいることの方がゆゆしき事態なのだろう。

離宮の中から子供服を持ってきたらしく、リリはティルスに手伝ってもらって服を着た。

「ベルンハード王子殿下、ひとつご相談したいことがあります」

「ぼくのことはリリって呼んでくれる？」

「……リリ様でよろしいですか」

うん、と頷くと、ティルスは「では、リリ様」と微笑んだ。

「今日明日中にこの地を発つことになりそうです。詳しいことは陛下かミルワード様からお話があるでしょう」

そうか。そうだ。ユージーンはベルンハードを探しに来た。リリがそうだとわかったのだから、いつまでもここに留まる理由はない。きっとユージーンは国王としての仕事が忙しいから、できるだけはやく王都に戻りたいのだろう。

（ぼくも、王都に？）

当然、リリも行くのだ。エーンルート王国とダマート王国、そしてブロムベルグ王国までも吸収した大国ガイネス王国の王都へ。

いったいどんな街だろう。リリは外の世界をなにも知らない。恐れと期待が同時にリリの胸に迫ってきた。

（ちょっとこわい、かもしれない。でも……ユージーンとここで別れたくないし、ひとりはいやだ……）

行くしかない。サリオラも向こうで待ってくれているにちがいない。

この地で亡くなっていった五人の侍従のためにも、リリは王都に行かなければならないのだ。それが彼らの願いだった。

「リリ様はいつ大人の姿になられるか、ご自分でおわかりにならないのですよね？」

「ごめんなさい、わからない」

「謝る必要はありませんよ。今後、リリ様が大人のお姿になられたときのために、服を何着か馬車に積みこみたいと思っています。離宮の中にありますか。もしあるようでしたらリリ様に案内していただき、さらに選んでもらいたいのですが」

さっきはヒューゴが服を貸してくれようとしたが、毎回借りては面倒だろう。ティルスの言うとおり、いざというときのために持っていた方がいい。

「あの、ぼくが大人の姿になったときの服は、じゅんびされていないと思う。見たことないもの。でも、侍従たちのふだん着が残っているから、それじゃだめかな」

「見てみましょう。それと、リリ様も王都にお持ちになりたいものがおありでしょうから、荷造りしましょう」

いますぐはじめよう、と二人は天幕を出た。そこにユージーンとヒューゴがいた。

「起きたか」

ユージーンに高い位置から見下ろされ、リリはひゃっと身を竦めた。『寄らないでくれ』と拒まれたことや、背中を向けられたときのことが胸に重くのし掛かっている。思わずティルスの後ろに隠れてしまった。

「離宮の中のリリ様の部屋に行ってきます。思い出の品や着替え、日用品など、手放したくないものをご本人に選んでいただき、荷造りに取りかかります」

ティルスがヒューゴに説明しているあいだ、リリは俯いてユージーンを見ないようにした。視線を感じる。ユージーンがリリを見ているのかもしれない。気になって視線をチラリと上げたら、やっぱり目が合った。

「さあ、リリ様、行きましょう」

ヒューゴが荷物持ちのために兵士を三人つけてくれた。リリはティルスの下衣を掴んだまま、離宮へ入る。なぜかユージーンが最後尾からついてきた。

リリの部屋は居間と寝室の二間と、衣装部屋だ。やはり子供服しかなかった。ティルスは比較的傷みがすくなく、これからの季節にあいそうな子供服をてきぱきと選んでいく。

「王都まで行かずとも、大きな街を通りかかれば衣料品店があります。ミルワード様がおっしゃるには、その都度、街で必要なものを買いそろえればいいということなので、五日分ほどあればいいでしょう」

「王都までは何日くらいなの？」

リリが尋ねると、ティルスはユージーンを振り向いた。

「馬車で十四日間の旅程をたてている」

さらっと答えたユージーンは、リリの部屋をしずかに見渡していた。リリがユージーンに怯えたからか、近づいてこようとはしなかった。気遣われているのだろうが、それがまた悲しく寂しい。

「リリ様は王都へお持ちになりたいものをここに入れてください」

ティルスがそう言いながら、一抱えほどの大きさの行李を出してくれる。リリは父から譲り受けた書籍や、いまはもう手に入らないブロムベルグ王家の紋章入りの便箋や封筒、母の形見の宝飾品を選んだ。

壁に掛けてある両親の肖像画も持っていきたい。あまり大きくない絵なので、ちょうど行李に入りそうだ。椅子を運んで足場にしようとした。

「リリ、なにをしている」

ユージーンが歩み寄ってきた。つい一歩下がってしまう。

「あの、父さまと母さまの絵を……」

「これか。俺が下ろしてやろう」

ユージーンがひょいと絵を外してくれた。床に置いてくれたので、しゃがみこみ埃を払う。

「……リリの髪と瞳の色はやはり父君に似たのだな。ブロムベルグ王家は代々、黒髪黒瞳だと資料で読んだ。でも顔は母君似だ」

ひとり言のようにユージーンがつぶやく。そしてリリの横に屈みこんできた。離れようとしたリリの腕を素早く掴んでくる。

「リリ、さっきはすまない。動揺したとはいえ大人げない態度だった。俺が悪かった」

小声で謝罪してきたユージーンを、おずおずと見つめた。凛々しいユージーンの濃い眉が、困ったように寄せられている。

「そんなに嫌わないでくれ」

「……きらったのはジーンのほうでしょ。ぼくが大きくなったり小さくなったりするから。オメガだって言ったから……」

子供っぽいとわかっていても、拗ねたように唇が尖ってしまう。

「嫌っていない。リリのことはかわいいと思っている」

「おとなのリリは？　近寄るな、って言った……」

「二度と言わない」

「ぼくに、背中を向けたし……」

「二度と向けない」

「………」

「仲良くやっていこう」

ユージーンは笑顔を浮かべたが、どこか中途半端でぎこちなく感じた。機嫌を損ねた子供を宥めているだけかもしれない。リリがまた大人の姿になったら、背中を向けて「近寄るな」と言うかもしれない。

でもここで和解しなければ、分からず屋の烙印を押されて、本当に嫌われてしまうかもしれない。

「また抱っこしてくれる？」

「もちろんだ」

リリが両手を差し伸べると、ユージーンが抱きしめてくれた。そのまま立ち上がり、ぎゅっとしてくれる。子供の姿ゆえの甘やかしだとわかっていても、リリは逞しい首にしがみつき、ここぞとばかりにユージーンの匂いを吸った。

やっぱりいい匂い。とろとろになっちゃうくらい、いい匂い。いつまでも吸っていたい。

すーはーすーはー。体の中がむずむずする。なにかが膨れあがっていく。どんどん大きくなっていく。ぐんぐん育つ。破裂しそうな感じがする。パン、となにかが弾けたような気がした。

「あっ」

リリは大人の姿に変化していた。子供服の布片がひらひらと舞う中、重くなったリリを抱っこしたまま、ユージーンは呆然としている。リリはまたもや裸同然の格好だ。

最初に我に返ったのはティルスだった。畳んで行李に入れようとしていた侍従のローブを広げる。

「陛下、リリ様を下ろしてください」

ユージーンがぎくしゃくとリリを床に立たせた。

「とりあえず、これを」

剥き出しの肩にティルスがローブを着せかけてくれる。「子供服は多めに積みこんだ方がいいみたいですね」と、微笑みながら大人の服を差し出してきた。

「リリ殿、荷物はまとまりましたか」

そこにヒューゴがやって来て、棒立ちになっているユージーンと大人になったリリを見て目を丸くした。

「また大人の姿になられたのですか。やはりリリ様の二十歳の姿はおきれいですね」

「……ありがとう」

ヒューゴがさらりと褒めてくれたからか、ユージーンもなにか一言あってもいいのでは、と視線を向ける。

　しかしユージーンは無言でリリを見ているだけだ。額に汗が滲んでいるように見えるのは、気のせいだろうか。さっきリリに二度と避けるような態度はとらないと約束したから、頑張っているのかもしれない。

　リリは壁に掛けられている姿見に自分をうつしてみた。ぜんぜん逞しさはないが、手足がすらりと長くて均整がとれた体をしているように思える。そんなに不格好ではない。くるりと回ってみる。漆黒の長い髪が重くて邪魔だ。もしユージーンがこの髪を気に入らなければ、切ってしまえばいいだけだ。

「ねえ、ジーン、僕のこの姿、どう?」

「どう、とは?」

「なにか思わない? 変? みっともない?」

「まさか、みっともないなどとは思わない。その、か、髪が、きれいだ」

言ったあとユージーンの顔が赤くなった。片手で目元を隠している。その横で、ヒューゴがため息をついた。

「陛下、見ているこっちが恥ずかしくなるので、そういうのやめてもらえますか」

「うるさい。あまりにひさしぶりで、どうしていいかわからないんだっ」

「怠けていた罰ですかね」

「だから黙れ」

二人の言い合いをリリは首を傾げながら眺めた。ユージーンがなにを怠けたのかわからないが、この髪を嫌いではないということは知ることができた。


馬車の旅がはじまった。

リリにとっては窓から見る景色のすべてが新鮮で、驚きの連続だった。

「ティルス、あれってもしかして風車？」

「そうですね」

「すごい、花がいっぱい咲いている。あれは牛？　本物は大きいんだね」

「リリ様、あまり身を乗り出されると危ないですよ」

書物の中でしか知らなかったものを見ることができ、リリは楽しくてしかたがない。

リリはずっと、離宮がある北の森は人里離れた僻地にあると思いこんでいた。しかし森を出て旅がはじまると、わずか一日移動しただけで農村があらわれた。国が整備した街道も通っている。国境がなくなったせいで開墾が進んだという。

母が作った結界が崩れたこともあり、おそらく離宮が発見されるのは時間の問題だっただろう。夜盗のたぐいではなく、先にユージーンが見つけてくれてよかった。

「さあ、リリ様、高貴なお方はそのように顔を外に出さないものです」

ティルスにきちんと座れと言われ、リリはしぶしぶ座席に腰を下ろす。いまリリは大人の姿になっていた。大人の姿だと座席に座っていても窓の外が見られるからいいのだけれど、つい夢中になってしまうのだ。

はじめて大人の姿になって以来、リリは一日に何度か子供と大人を行き来している。それは意図して変化するのではなく、いつも唐突だ。完全に魔法が解けたわけではない証拠に、左手小指の指輪ははまったままだった。引いても抜けない。

けれど十五年のあいだに、こちらの母の魔法も綻びができているのはたしかだ。そのうえ、ユージーンという圧倒的なアルファに出会ったことがリリに大きく作用しているように思う。最初はわずか半刻で子供にもどっていたのに、日に日に大人でいる時間が延びている。そのうち完全に魔法が消えて、大人の姿で固定するのではないかと期待していた。

王都ではどんな生活が待っているのだろう。苦しいという発情期はどんなものだろう。不安はなくなっていないが、できるだけ考えないようにして、森の離宮でたったひとりで暮らしていた日々に比べたら、きっと明るい未来が待っているにちがいないと思うようにしている。

（でも……）

ひとつだけ不満があった。馬車の中にはリリとティルスしかいないのだ。てっきりユージーンとずっといっしょにいられると思いこんでいた。王都に着くまで十四日間もそばにいられるのなら、たくさんお話ができると思っていたのだ。

それなのに、ユージーンはあの大きな黒馬に跨がり、当然といった顔で馬車と併走している。革製の兜からこぼれる金色の髪がきらきらとして眩しいほどだ。

「ねえ、ジーン」

窓から声をかけると、ちらりとこちらを向いてくれる。

「ちょっとだけでいいから、こっちに来てくれませんか？」

「俺はいま護衛の騎士だ」

「僕を守る騎士なのはわかっています。でも少しくらいなら……僕、ジーンとおしゃべりしたいです」

「疲れたのなら休憩するか？」

そうじゃない。リリはただユージーンと親交を深めたいだけだ。

ユージーンが隊列の前方にいるヒューゴに声をかけようとしたので、リリは「休まなくていいです」と慌ててとめた。予定外の休憩を取ると、宿泊予定の街に今日中に到達できなくなる。段取りの責任者であるヒューゴに面倒をかけてしまうのだ。

出発前、リリは王都ミューラまでの十四日間の旅程の説明を受けた。

森を離れ街道に出たあとはひたすら南下する。ユージーンとリリ、および護衛の騎士は、夜はできるだけ街の宿に泊まるが、それ以外の兵士たちは毎晩郊外で野営する。

街中ではユージーンは身分を隠し、王都に住む貴族を名乗るので、あまり「陛下」とは呼ばないように、という注意事項も聞いた。リリは体が弱い貴族の子弟で、療養していた田舎から王都に戻る途中という筋書きになっている。

そしてリリがどうしても納得できないのは、街の宿では基本的にユージーンと別の部屋になるということだ。なぜ同室ではないのか、ユージーンといっしょに寝たい、とリリは訴えたが、ヒューゴは「絶対に許可できません」と頑なだった。ユージーンも「同室は無理」と受け入れてくれなかった。

アルファのユージーンとオメガのリリを同室になどできるわけがない、と言われてしまうとどうしようもない。旅立つ前、天幕の中で一晩だけいっしょに寝たが、あのときリリは自分がオメガだとは明かしていなかった。

（ジーンの匂いに包まれて、ものすごく安心できて、ぐっすり眠れたのにな……）

リリは窓からユージーンを見つめた。子供の姿だと遠慮なく接してくれて、ためらいなく抱っこもしてくれるのに、大人の姿になるとすごくそっけない。約束通り、最初のときのように、あからさまに背中を向けることはないけれど。

アルファはみんなオメガを好きなのだと思っていた。避けられるなんて想像もしていなかった。きっと大人のリリはユージーンの好みから大きく外れているのだ。いや、そもそもオメガは嫌いなのかもしれない。もしそうなら、リリは悲しい。

「リリ様、どうかなさいましたか」

急にしょんぼりとしたリリに、ティルスが気遣わしげな声をかけてくれる。

「……僕はジーンに嫌われているのかな、と思って」

「そんなことはありませんよ」

「でも僕はオメガだし、アルファのジーンにとったら面倒な存在だよね、きっと」

「……リリ様は本当にオメガなのですか？」

ティルスは目の前でリリが大人になったり子供になったりしたので魔法の存在はなんとなく認めたようだが、第二の性がオメガということは信じ切れないらしい。それほどいまはオメガの存在が稀になっているとも言える。

「母さまがそう言ったから、僕はオメガだと思う」

そうですか、とティルスはなにやら考えこむ。今後のリリの世話を頭の中で整理しているのかもしれない。発情期が来るようになったら、侍従の手助けなしでは乗り越えられないだろう。

「ティルスにも面倒をかけるけど、よろしくね」

「はい、もちろんしっかりお世話させていただきます」

ティルスは顔を上げ、生真面目な表情で頼もしい返事をしてくれた。

その日の夕方、一行は予定していた街にたどり着いた。そのときリリは子供の姿に戻っていたが、今回は一刻以上も大人のままだった。

「なんか、明るいね……」

この街は、前日に立ち寄った街と同規模で人口は三千人ほどだと聞いたが、雰囲気がちがう。なんだか賑やかだった。夕暮れ時なのに大通りに面した店はほとんど営業中で、眩しいほどにランプをともして肉を焼いたいい匂いをさせている食堂がいくつもある。馬車の窓から眺めていると、ティルスが教えてくれた。

「この街は蒸留酒の製造が盛んなのです。特上品は王都に運ばれ貴族や王族に提供されるのですが、安価な酒は庶民の楽しみとなります。そうしたものを食事とともに提供する店が多く、街の人たちが仕事帰りに立ち寄るのです」

街によって事情が変わり、住む人々の生活も変わる。なるほど、とリリは頷いた。そういえば前日の街は酪農が中心で、夜は日暮れとともに街全体が眠りについてしまい、朝は日の出とともに人々が動き出していた。宿で飲んだ、あたためた牛の乳はおいしかった。

離宮に置かれていた書物やサリオラたち侍従の話から得た知識は頭に入っているが、こうした体験はとても勉強になる。ぜひ酒を出す食堂に行ってみたい。そこではどんな市井の人々が集っているのか、どんな話をしているのか、見たり聞いたりしてみたい。

「ジーン、今夜の食事は宿ではなく、外のお店で食べたいです」

街中なのでゆっくり進む馬車の横を、速度をあわせながら馬に乗っているユージーンにお願いしてみた。

彼はちらりとリリを見て、すぐには返事をしない。

「あの、食べなくともふんいきだけ、あじわいたいです」

「……ごく短時間だけなら、まあいいだろう……」

「わあ、うれしい、ありがとう！」

「ただし、大人の姿になってしまったらすぐ宿に戻るぞ」

「どうして？」

大人の姿の方が、酒を出す店に入りやすいのではないのか。

「……人目を避けた方がいい。おまえの容姿は目立つ」

「めだつ？　ぼくの大人の姿が？　そう？」

リリがティルスに意見を求めると、「目立つかもしれません」という答えが。

「隠せばいいんじゃない？　こう、マントのフードとかで」

「隠しきれるでしょうか……。お子様の姿ならまだしも、大人に変化されると、服装でごまかそうにも、リリ様はその、隠しきれない品が備わっているというか……こんな田舎の街にはぜったいにいない優雅さというか、雰囲気がもう常人離れしていますし――」

言葉を選びながらティルスがいくつか理由を挙げてくれる。

納得できないが、とりあえず今夜は連れて行ってくれるというから、リリはわくわくした。

その日の宿に馬車を置かせてもらい、徒歩で大通りに戻る。リリは定位置となっているユージーンの左腕の上だ。リリは大人たちの半分ほどしか身長がない。歩かせるよりも抱っこで運んだ方が早いし安全だとユージーンが判断した。この点について、リリに異論はない。ユージーンとべったりくっつけるので満足だ。

ユージーンとリリをヒューゴと三人の護衛の騎士がさりげなく囲っている。ティルスは宿で留守番だ。もしいきなりリリが大人になってしまったときのために、着替えはヒューゴが持っている。

「わあ、すごい」

ついさっき馬車で通ったときよりも通りは賑わいを増していた。食堂は店内だけでなく通りにもテーブルを出しており、汚れた作業着姿の男も家族連れも年寄りも、楽しそうに食事をしている。どこかから歌声まで聞こえてきて、まるでなにかのお祭りのようだった。

その中に自分がいるというだけでリリは楽しい。こんな光景、森の離宮ではぜったいに見ることができなかった。

ヒューゴが空いている席を見つけ、護衛の騎士が近くの店まで注文しに行く。大皿に盛られたものがどんとテーブルに置かれた。牛肉と根菜の煮込みと、蒸しパン。ユージーンの前には取っ手つきの大きなグラスが届けられた。琥珀色の飲み物がたっぷりと入っている。

「それはなに？」

「酒だ」

飲むのはユージーンだけのようだ。騎士は護衛だから当然かもしれないが、ヒューゴも飲まないらしい。

リリは酒を飲んだことがない。かつて離宮の地下には果実酒がたくさん備蓄されていた。侍従たちは十日に一度、交代で休みを取り、その日に果実酒を飲むことを楽しみにしていた。十年ほどでなくなったが、酔っ払うと在りし日の王国を想って泣く侍従が多く、リリはそのたびに悲しくなったものだ。だから酒を好きではない。

けれどユージーンは酒を飲むと陽気になった。リリがユージーンの膝の上で煮込み料理を食べていると、「もっと食べて大きくなれ」と背中をバシバシ叩き、「おまえはやっぱりいい匂いがするな」とリリの首に鼻を埋めたりしてくる。

そのうち嗅ぐだけでなく、ぺろりと首を舐めてきた。くすぐったくて困っていると、ヒューゴがやんわりとユージーンの姿勢を正したり、「調子に乗りすぎです」と叱ってくれたりした。

料理は美味しかったし、ユージーンがずっと笑っていたので、リリは大満足だった。

宿に帰り、リリは待っていたティルスに街の食堂でのあれこれを報告した。湯浴みをして一日の汗を流し、浴槽の中で一息ついていたら、するっと大人の姿になった。大人用の寝衣を着て、長い髪を櫛で梳(と)かしてもらう。

髪をティルスに任せ、リリはぼんやりと今日のことを思い出した。

ユージーンはやはりリリが子供の姿のときの方がかわいがってくれる。嫌われていないと思う。けれど大人の姿になると、ちょっと冷たい。あれが分別のある紳士の対応ならば、リリは受け入れがたかった。

ヒューゴにちらっと聞いてみたのだが、リリは王都に着いたら国王の権限により相応の爵位を与えられ、生活に困らないだけの経済的補助を受けられるということだ。現在のガイネス王国は豊かで、ユージーン個人の資産も莫大らしい。いくつも別荘や離宮があるので、希望すれば好きなところをリリが選び、そこに住むことが許されるとも言われた。

これからの生活について心配する必要はないとヒューゴは伝えたかったのだろうが、リリは暗澹(あんたん)たる気持ちになった。

王都に着いたら、もうユージーンと気安く会うことはできなくなるかもしれない――。

リリは滅亡した王国の王族だ。爵位(しゃくい)を与えられたとしても、なんの権力もなく財産もない。ユージーンのそばにいたいという我が儘(わがまま)が通るとは思えなかった。

離れたくない。リリは一目でユージーンを特別だと思った。ユージーンにもそう思ってもらいたい。

王都までの旅程は、あと十一日間。そのあいだに、もっと親しくなっておきたかった。

「さあ、もうお休みになりますか」

櫛を片付けて、ティルスが寝台を整え直す。リリは「まだ寝ない」と寝室を出た。護衛の騎士に呼び止められる。

「リリ様、どこへ？」

「ジーンにおやすみの挨拶をしてくる。ちょっとだけ。すぐ戻るから」

ユージーンの部屋は隣だ。街の宿に泊まるとき、だいたい一番高級な宿の一番高級な部屋がユージーンにあてがわれ、二番目に高級な部屋をリリが使うことになっている。

部屋を出ると、すぐ隣の扉を叩いた。応じてくれたのは今夜の不寝番をする騎士だ。寝衣一枚の格好のリリを見て、騎士はぎょっとしている。

「ジーンはまだ起きてる？　挨拶だけしたいんだけど」

「ど、どうぞ」

顔を赤くしながら入室を許してくれる。リリはそそくさと入り、ユージーンを探した。リリの部屋とおなじく二間続きだ。ただし調度品や絨毯等が、こちらの方が質が高そうだった。

（いない……。寝室かな？）

奥の寝室に続く扉が半分開いたままだ。リリはそこから中を覗きこんだ。ユージーンのたくましい上半身が目に飛びこんでくる。着替えていたユージーンは下着姿、上半身裸で振り向き、リリの出現に目を丸くした。

「なんだ、どうした？」

「おやすみを言いにきました」

えへへ、と笑顔で寝室に入る。背中で扉を閉じるのを忘れない。

「今日は僕のお願いを聞いてくれてありがとう。街の食堂はとっても楽しかったです。料理も美味しかったし」

「そうか、楽しかったのならよかった」

ユージーンは寝衣を羽織り、腰紐をぎゅっと結ぶ。寝台横のテーブルに置かれている水差しからコップに水を注ぎ、それを飲んだ。喉仏が動くのを、リリはちょっぴりドキドキしながら見つめる。

引き寄せられるように、リリはユージーンとの距離を詰めた。

「まだなにか用か？　明日も旅は続くから、もう休め」

面倒くさそうな態度にリリはすこし傷ついた。でもここでめげていたら事態は進展しない。

「ジーンに、もうひとつお願いがあります」

「なんだ？」

「おやすみのくちづけをしてください」

「は？」

ギョッとした感じで振り向いたユージーンに、リリは「えいやっ」とばかりに飛びついた。こういうとき大人の姿だとやりやすい。リリはユージーンの首にしがみつき、めいっぱい背伸びをして無理やり唇を重ねた。

むちゅっと押しつけたあと、至近距離で見つめて反応を窺う。我に返ったユージーンが目を眇めた。

「おい、どういうつもりだ」

「おやすみのくちづけ、のつもりです」

「おまえ、俺をからかっているのか？」

「まさか。あの、親しくなりたいだけです……」

ユージーンの声は冷ややかだった。酒を飲んで陽気におしゃべりしてくれたから、その流れで笑って許してくれると思っていた。とうに酔いは醒めていたらしい。

リリはユージーンからそっと離れ、俯いた。

「……ごめんなさい。怒らないで……」

頭上で大きなため息が聞こえ、リリはビクッと全身を揺らした。

「別に怒ってはいない」

うそだ。怒っている。怒らせたのは自分だ。

「ごめんなさい」

「リリ……」

「僕は、ただ、本当に、おやすみの、くちづけがしたくて……それだけで、からかうなんて……」

「どうして俺にそんなことをしたいなんて思うんだ」

「えっ、だって、そんなの……」

リリはじわりと顔が熱くなってきた。頬が赤くなっているにちがいない。

「……あの、もう寝ます。お騒がせしました」

「待て」

とりあえず逃げようとしたリリの腕をユージーンが掴んできた。一瞬で逞しい胸に抱き寄せられる。顎に指がかけられ、上を向かされた。緑色の輝く瞳が、リリを見つめる。

「さっきのアレはくちづけでもなんでもない。唇がぶつかっただけだ」

「ジーン？」

「これが本物のくちづけだ」

噛みつくみたいに、歯と舌が見えた状態の口が、リリに覆い被さってきた。リリのちいさな唇をすっぽりと覆うほどに重ねられ、舌で強引に歯列を開かれる。驚きのあまり硬直しているリリの舌を、ユージーンが絡めるようにしてきた。

「んんっ」

ぬるつく舌がいやらしい。口腔をくまなく舐(な)められ、上顎をくすぐられ、背筋をぞくぞくとしたなにかが走り抜ける。逃れようにも、大きな手で後頭部を鷲掴みにされ、動けない。二人の唾液が混ざって水音が立った。

舌先を甘噛みされて、リリはくぐもった嬌声(きょうせい)を上げた。足先から力が抜けていく。膝がが

くがくして立っていられなくなったリリから、やっとユージーンは顔を離してくれた。

視界がぼんやりしている。なにがなんだかわからない。

リリはずるずると床に座りこんだ。全身が細かく震えている。無理やり興奮させられた神経が、なかなか鎮まらなかった。両腕で自分を抱きしめ、なにが起こったのか考えようとした。

「リリ、大丈夫か。ついムキになった」

ユージーンがしゃがみこんで、リリの顔を覗きこんだ。気遣わしげなその表情は、怒ってはいなかった。しかし、「いきなり、あんなことをして悪かった」と謝罪されてももやもやする。後悔しているような口調は、リリとのくちづけをなかったことにしたいのか。

「部屋まで送ろう。立てないか？」

「……抱っこしてください……」

我が儘を言ってみた。大人の姿で抱っこなんてできないだろう、と拗ねた気持ちを表現したかった。しかしユージーンはリリをひょいと横抱きにした。子供の姿ではないのに。

ユージーンは危なげない足取りで部屋を出ると、護衛の騎士が驚いているのもかまわずに、隣の部屋まで連れて行ってくれた。

「まあ、リリ様」

絶句しているティルスを構うことなく、リリを寝台まで運び、そっと下ろしてくれる。

「その……悪かった。おやすみ」

「……おやすみなさい……」

頭を一撫でして、ユージーンは去って行った。リリはおとなしく布団にくるまる。

「なにかあったのですか？」

ティルスが事情を聞きたそうにしていたが、いまはまだ頭の中で整理できていない。時間がほしい。

「明日の朝、話すよ。ひとりにしてくれる？」

そう頼むと、ティルスは「わかりました」と頭を下げて、寝室を出て行ってくれた。

ひとりになると、ユージーンの唇と舌の感触が、ありありと口腔によみがえってくる。体が火照ってしまい、布団の中でリリは悶えた。

ユージーンとくちづけをしてしまった。あれは大人のくちづけだ。彼は「ムキになった」と言っていた通り、衝動的だったのだろう。酔いはほとんど醒めていたが、まだすこし残っていたのかもしれない。とはいえ、子供のリリには絶対にしてくれないやつだ。やはり大人の姿になれたことには意味がある。

（絶対になかったことにはしないぞ）

ユージーンとの距離を縮めるためには、有効的に活用しなければなるまい。

なんどもユージーンの舌の動きを思い出しているせいか、体の火照りがなかなか治まらず、それどころか下腹部がもやもやしてきた。リリはおそるおそる、自分の股に手を伸ばしてみる。

小用を足すための器官が、わずかに固くなっていた。

(これはもしや、勃起、という状態なのかな?)

性教育の中で学んだ体の変化が、いま自分に起こっている。びっくりして、けれどどうしていいかわからず、リリはじっとしているしかなかった。

くちづけの最中にこの変化が起こっていたら、どうなっていただろう――と、ふと思った。

ユージーンが触れてくれたとしたら。

(わあ、そんなことあるかな? あったらいいけど、ええっ、あるかな?)

余計にドキドキしてきて、当然のことながら高ぶった性器は治まらない。リリはこれを鎮める方法を知らなかった。サリオラはそこまで教えてくれなかったのだ。いまからティルスに聞くのも、なんだか恥ずかしい。

(教えてもらうなら、ジーンがいい)

リリはそう思った。

自分がいろいろなことに関して無知であることを、リリは知っている。わからないことはユージーンに教えてもらいたかった。ユージーンでなければいやだ。

出会ってまだ数日なのに、こんな気持ちになるのはおかしいだろうか。

(僕がオメガで、ジーンがアルファだから、頼りたい、導いてもらいたいと思ってしまうのかな?)

リリはユージーン以外のアルファをまだ知らない。でもユージーンより心惹かれる素敵なアルファなどいるだろうか。

（これからどんなアルファに出会おうとも、僕は絶対にジーンがいい）

リリははっきりと、ユージーンに抱いている想いを自覚した。

（ジーンが好き……。彼でなければ、僕はいやだ）

ユージーンを唯一無二としたい。ずっといっしょにいたい。そばにいたい。

（番に、なりたい……）

うなじを噛んでもらうときのことを想像して、リリは熱いため息をついた。

翌朝、リリは子供に戻っていた。これは予想できていたことなので構わない。

ティルスがぶかぶかの寝衣から子供の服に着替えさせてくれた。物言いたげな様子なのは、昨夜ユージーンの部屋でなにがあったのか知りたいからにちがいない。

「あのね、ティルス」

「はい、なんでしょう」

食い気味に応じてきたティルスは、なんでも受け止めますよという表情だ。侍従の鑑と褒めたいくらいに。

「いまぼくは、大人と子供を行ったり来たりしている。ちゃんと大人になりたい」

「リリ様の実年齢は二十歳だと聞きました。大人になりたいと願うのは当然だと思います」

「ちゃんと大人にならないと、オメガの発情が来ない。ぼく、ジーンとつがいになりたいの」

ティルスがハッと息を飲む。真剣な顔になり、「本気ですか」と確認してきた。

「本気だよ。ジーンが王様なのは知っている。でもそんなの関係ない。ぼくはただ、ジーンのそばにいたい。ジーンに、その、抱いてもらいたい……」

シャツの袖についたフリルを、リリはもじもじと指で弄(いじ)った。はっきりと欲望を言葉にするのは恥ずかしい。けれどティルスには本音を伝えて、味方になってもらいたかった。リリのために用意された侍従なのだから。

「リリ様は、陛下のことがお好きなのですね」

「……好き、だよ。とっても……」

やだもう恥ずかしい、とリリは両手で顔を覆った。頬だけでなく体全体がカッカと熱くなってきて、額に変な汗が滲む。

「好きだけど、子供のままだとジーンはなにもしてくれないでしょ。だからなんとかして指輪をはずして、魔法の力からのがれたいんだ。ぼく、昨日の夜みたいなこと、またジーンにしてもらいたい」

「昨夜、陛下とのあいだになにがあったのですか？」

「……くちづけ、してもらった……」

小声でしか言えなかった。けれどティルスの耳にはちゃんと届いたようだ。

「どのような、くちづけでしたか？」

「は？　どのような……って、えー……言わなくちゃダメなの？」

「できれば教えてほしいです。唇を重ねただけですか」

ティルスは真顔だ。ふざけてからかっているわけではないらしい。侍従はそこまで把握しておきたいものなのかもしれない。

「……重ねた、だけじゃなくて、その、ベロが——」

しどろもどろになりながら、リリは昨夜の濃厚なくちづけのアレコレを詳細に語った。

「なるほど」

ティルスが納得して聞き取りを終了したときには、リリは朝っぱらからぐったり疲れていた。

「それは完全におやすみの挨拶ではありませんね。前戯とおなじです」

「ぜんぎ？」

「わたくしはミルワード様にすこし相談してきますので、リリ様は朝食を召し上がっていてください」

ティルスは部屋を出て行った。リリは空腹だったので、用意されていた食事をとった。

まさかティルスがすべてをヒューゴに話し、今後のリリの処遇についてヒューゴがユージーンを問い詰めたなんて思いもしなかった。

人間、衝動的に行動していいことなど、ひとつもない。

三十歳にもなってから、しみじみとそれを実感することになろうとは、ユージーンは思ってもいなかった。

十五歳で国のために戦場に立ち、予期せぬ父王の死により十代で国王となった。自分を律し、ただひたすら国のため民のために働いてきた。今年三十歳になり、やっと一息つける、ついてもいいかと自分に休息を許したその心の隙に、まさか、まさか――。

「ジーン、抱っこして」

黒い瞳の子供が、両手を伸ばしてユージーンを見上げている。馬車から降りたリリは、キラキラと期待に瞳を輝かせていた。馬車を囲む護衛の騎士とヒューゴ、そして侍従までもがじっとこちらを注視して成り行きを見守っている。

いや、見守っている感じではない。その目は「早く抱っこしろ」「リリ様の期待を裏切るのか」とせっついている。ヒューゴの目には明らかに「手を付けておいて無視するつもりか」と非難がこめられていた。

ユージーンは無言でリリを抱き上げ、今夜の宿へと入っていく。リリは望みどおりに抱っこしてもらって嬉しそうだ。ユージーンの首に短い腕を伸ばしてしがみつき、くんくんと鼻を鳴らして匂いを嗅いでいる。

「ふふふ、ジーンのにおい、すごくほっとする」

当然、ユージーンの鼻腔にもリリの体臭が否応なく入ってきた。

（くそっ、いい匂いのうえに、かわいいかよ！）

昨夜、大人の姿のリリに迫られて、ついうっかり、勢いで、衝動的に、濃厚なくちづけをしてしまった。国王という責任ある身として、あそこは挑発に乗ってはいけなかった。過去になんどか色仕掛けに遭遇した経験がある。その都度、冷静に拒んできた。

嗚呼（ああ）、それなのに。

大人の男は怖いんだぞと、ちょっと脅してやろうと唇を重ねたが最後、ユージーンの方が夢中になってしまった。リリの舌は柔らかくて唾液は甘く、抱きしめた肢体はしなやか。舌の動きにいちいち敏感に反応するのがかわいかった。

最後の理性の欠片が、ユージーンを踏みとどまらせた。あそこでリリを離していなかったら、寝台に押し倒していただろう。なんとかそこまではいかずに、リリを隣室に送り届けた。

　しかし、まさか、リリが一部始終を侍従に話すとは思わなかった。

　翌朝、宿で朝食を終え、出立の準備をしていたらヒューゴがやってきて、こう言ったのだ。

「リリ殿にかけられた魔法が解け、完全にオメガ性に目覚められたら、寵妃に迎えられますか」

　思いきり噎せて、ユージーンはしばらく咳がとまらなくなった。ごほごほと苦しい目にあっているユージーンを、ヒューゴが真顔で見ている。

「とりあえず王城の侍従長に早馬を出します。我々が到着しだい、後宮が使えるように準備をしておいてもらわなければなりません」

「いや、ちょっと待て、寵妃？　後宮？　それは性急すぎるのではないか？」

「昨夜のこと、お忘れですか。最後まではしていないようですが、手を付けたも同然です」

「なぜ知っている」

「ティルスから聞きました」

　リリが侍従にしゃべったのだ。口止めしておくべきだった。

「口止めしておかなかった自分の落ち度だと反省しているのなら、それはクズ男がすることです。リリ殿が世間知らずで初心なのは、だれがどう見ても明らかでした。しかも、滅亡したとはいえ一国の王子ですよ。戯れに手を出して、ぞんざいに扱っていい人物ではありません」

　ヒューゴの言いたいことはわかる。わかるが、くちづけだけで手を出したと責められるのは納得できない。

それにリリをもし後宮に入れたら、政争に巻きこむことになる。ユージーンは正妃を娶ることも、後宮に寵妃をおいて子を産ませることにも消極的だった。このまま独身でいい、王位継承者は妹アマリアの子にする、と公言していたのだ。

いまだ王太子を決めていないのは、三人の甥姪たちがまだ幼く、能力が見極められていないからにすぎない。国内の有力貴族たちは、だれにつけば後々有利に働くか、迷いながらもすでにひそかなつばぜり合いがはじまっている。

その中にリリを入れるのか。あの、なにも知らない、無垢なまま育った王子を、醜い権力争いの渦中に放りこむのか。孤独な生活からやっと抜け出せた子を。

後宮入りを避けたとしても、リリはオメガで、大人の姿は美しく、蠱惑的すぎる。守ってあげなければ、あっというまにどこの馬の骨ともわからない男に攫われてしまいそうだ。できるなら自分が守ってやりたい。

考えこんでしまったユージーンに、ヒューゴはため息をひとつついた。

「王都まではまだ十日ほどかかります。なにが最善か、よくお考えください」

ヒューゴは頭を下げて部屋を出て行く。

リリをどうしたらいいか――。

自分が守ってやりたいのなら、答えは出ているようなものだ。しかし踏ん切りがつかない。

ブロムベルグ王家の最後の王子を迎えに行こう、哀れな王子をこの手で救うのだと王都を出発したときは、気分転換の小旅行のような気分だった。それがまさかこんな事態になるとは。

油断していたのがいけないのか。その問題の王子が、こんなに簡単に心の隙間にするりと入りこんでくるとは。

「ジーン、どうしたの？」

頬に小さなぬくもりがそっとあてがわれた。考えごとをしていたせいで、リリの呼びかけに応えられていなかったようだ。ユージーンはいつのまにか客室まで来ていた。宿の主人が困惑顔で目の前に立っている。

「あの、こちらが最高級の客室です。よろしかったでしょうか？」

そう言われて部屋を見回す。開け放たれた窓からの眺望も、家具調度品の質も申し分なかった。清潔感もある。

「ああ、ここでいい」

「ありがとうございます」

小太りの主人は汗をかきながら頭を下げた。ユージーンの正体に気づいているかもしれない態度だ。一応、身分は隠しているが、護衛の騎士たちの洗練された動きや、ユージーン自身の雰囲気から察するものがいる。そうした人間は王都に近づくにつれて増えていくだろう。

ただ、お忍びだと告げておけば、黙っていてくれるのが宿というものだ。ましてや、宿泊場として選んでいるのは、常に街一番の宿。品格を大切にしている宿は、騒いだりしない。

宿の主人と入れ替わりにティルスがやってきた。

「リリ様のお部屋は隣なのですが」

「ぼく、しばらくここにいたい」

ユージーンの腕からぴょんと飛び降りると、籐で編まれた椅子によじ上る。大人用なのでリリにはもちろん大きすぎるのだが、足をぶらぶらさせて笑顔で座っている姿はかわいかった。

街から街への移動中は離れているので、宿に着いたあとはできるだけそばにいたい、とリリは思っているようだ。しかしユージーンにも片付けなければならない雑事があり、そうそうリリに構ってあげられない。

たぶんすぐにヒューゴがやってきて、王都から届いた書類を見せにくるだろう。国王が王都を留守にしていても国政が滞ることはないが、ユージーンの裁可が必要な案件はどうしても出てくるし、日々の報告は聞いておきたい。

そうしたことはともに旅をはじめて四日目ともなれば、リリも承知している。それでもユージーンの部屋にいたいと言うなら、好きにさせておこうと思う。仕事をはじめたユージーンの邪魔をするほど、リリはわきまえない子供ではなかった。

「なにか飲み物を、二人分」

ユージーンがティルスに命じると、リリが「アレをもってきてくれる？」と追加で頼んだ。

アレとはなんだろう。気になったが、リリがすることを根掘り葉掘り聞くのはどうかと思う。まだなにもしていない（ユージーン比）のに、亭主面してているようで格好わるい。

ティルスはすぐに戻ってきて、抱えていた分厚い本をリリに渡した。ユージーンが国王としての仕事をしているあいだ、リリは本を読んで待つつもりだったらしい。

それは鉱物資源に関する専門書だった。おもにブロムベルグ地方の山岳地帯で採取できる鉱物について書かれているようだ。

「ちょっと貸してみろ」

すこし中身を見ただけで、かなり難しい専門用語がたくさん使われているのがわかる。

「これを、リリが……読むのか？」

「うん」

読めるのか？　という疑問が顔に出たのか、ティルスが横から「もう何度も読まれたと聞きました」と言った。

「何度も？」

「ご自分が生まれ育った土地の特性を知ることは大切だと侍従たちから教育を受け、離宮で過ごされているあいだに独力で学んだそうです。今回、ブロムベルグの地を離れることになりましたが、学んだことを無駄にしたくない、できればなんらかのかたちでガイネス王国に貢献したいとお考えのようです。ほかにも鉱物の加工に関する書物などが、お荷物の中にいくつか」

驚いてしまってユージーンはしばらく言葉が出なかった。リリがそんなことを考えていたなんて、思ってもいなかったのだ。

言い方は悪いが、脳天気に甘えて愛嬌を振りまいているだけかと――。ユージーンはリリを無知な王子だと侮っていた自分に気づいた。

「愛読書というわけか」

リリは照れたような笑みをこぼしつつ、「ぼく、このぶんやだけはくわしいよ」とほんのり得意気に言った。

「れきしとか、ぶんがくはとくいじゃないけど、山のちしつとか、こうみゃくをさがす方法とか、こうせきのぶんるいとか、そういう本を読むのはとってもすきなの」

「それは素晴らしい。好きな分野があるのは、とてもいいことだ。もっと知識を深めたいなら、王都で専門の教授のもとで勉強してみるか？」

「ほんと？」

リリが無邪気な笑顔で声を弾ませる。ユージーンがその気になれば、リリに最高の家庭教師をつけることなど容易い。そのうち魔法が解けてオメガの発情期がはじまったとしても、そうではない時期に知識を役立てるような働きもできるだろう。

「陛下、お待たせしました」

ヒューゴが何通かの書状を抱えてやってきた。それらをテーブルに広げながら、リリが本を持っていることに気づいた。

「なにを読んでいるのですか?」

リリが表紙を見せると、ヒューゴは驚いた顔をした。

「ずいぶんと難しい専門書を読んでいるのですね」

「リリの愛読書だそうだ」

「愛読書……」

「これから王都に近づけば近づくほど街が大きくなる。書店で鉱物関係の本があったらリリに買ってやってくれないか。道中のいい暇つぶしになるだろう」

「わかりました。宿泊予定の街へは先導隊をつねに派遣していますので、指示を出しておきます」

「ありがとう、ジーン」

リリがぴょんと籐の椅子から下り、ユージーンの元まで駆けてくる。足にぎゅっと抱きついて謝意を示すリリが、非常にかわいかった。よしよしと艶やかな黒髪を撫でる。

自分ではどんな表情になっているのかわからなかったが、ヒューゴの呆れた目――もう何度目になるのか数え切れない――から、そうとう締まりのない顔になっているらしい。

ごほん、と咳をして、ユージーンはリリを椅子に戻し、自分はテーブルの書簡に向き合った。

ヒューゴがランプの灯りを増やしてくれ、夕食の時間まで、ユージーンは仕事を、リリは読書をして過ごした。

旅は八日目に入り、王都までの旅程の半分以上が過ぎた。

王都に近づくにつれ、立ち寄る街の規模が大きくなっていく。歓楽街と住宅街が明確に区分けされていて、庶民の飲み屋だけでなく娼館などの看板も目に入るようになった。

娼館がある街では、兵士たちは交代でそこへ出入りしているらしく、立ち話の内容からリリはそれを知った。

「あの店の娘はよかったぞ。まだ慣れていないみたいで、垢抜けなく田舎っぽいところがかわいげがある」

「そうか？　オレは王都の洗練された娼妓の方が好きだな。まあ、そのぶん料金は高いが」

深夜番の騎士が宿の階段の踊り場でたむろしていた。

「陛下はつくづく寛容な方だ。いくら休憩中だからって兵士が娼館に出入りするのを黙認してくれるなんて、ふつうはあり得ないからな」

「いや、案外、陛下もこっそり娼館に行っているかもしれないぜ」

「それはないだろ。だってあの王子は？　なんだか知らないが、魔法？　とかで子供と大人を行ったり来たりしているが、本当は二十歳なんだろ。大人のとき、とんでもない姿じゃないか」

リリの話題になって、つい「とんでもない姿ってなに？」と雑談の輪に入ってしまった。

「わあっ、リリ様！」

兵士たちが一斉に飛び上がって驚いた。リリは大人の姿になっている。ついさっき、今夜の宿に着いて湯浴みをしている最中に変化したのだ。

このあとユージーンと街の食堂へ行く約束をしていたので、湯上がりに服を着て部屋を出たところだった。大人の姿での外出には難色を示されるとわかっていても、せっかくの機会を逃したくない。昨日の街はめぼしい飲食店がなかったために、宿で食べたのだ。リリはできるなら毎日、立ち寄った街で庶民といっしょに賑やかに食べたい。その方が美味しく感じる。

フード付きのマントを着て、できるだけ俯いていれば大丈夫だと説得するつもりだった。

騎士たちはリリの出現に慌て、顔を赤くして目を泳がせ、狼狽えている。

「ねえ、とんでもない姿って？」

「あ、ああああの、あの、その、リリ様……」

「湯、湯浴みをされたのですか。御髪がまだ濡れているようです。もっと拭いた方が——」

「おい、なに触ろうとしているんだ。不敬だぞ」

質問に答えてくれない。リリはもうひとつ、気になっていることを聞いてみた。

「ジーンも娼館に行ったの？　僕が知らないだけで、夜中にこっそり？」

娼館、と口にするだけでいやだ。口元が歪みそうになってしまう。ユージーンは独身の健康的な男だから、そうした欲があるのは当然だと頭で理解できていても、感情では許せない。しかし、自分がユージーンの私生活に口出しできる立場でないことは、わかっていた。

「いや、いやいやいやいやいや、陛下は行っていません」

「行くはずがないです」

「そうかな？」

「「そうです」」

騎士たちが口を揃えて頷く。

「でもさっき、あなたたちが――」

「ただの冗談です」

「軽口です」

たしかに騎士たちは、ユージーンが娼館に入っていったところを目撃したわけではないだろう。ただの冗談を真に受けてしまう方が痛いかもしれない。

「こんなところでなにをしているのですか」

ヒューゴの声に、一同は階下へ視線を向けた。ヒューゴの後ろにはユージーンがいる。彼はリリを見て眉をひそめた。

「立ち話などみっともないことはやめなさい。品位が問われる。当番以外の者はふらふらしていないでしっかり体を休めなさい」

ヒューゴに叱られて騎士たちは壁を背に整列し、最敬礼した。道を空けられたユージーンは黙って階段を上がってくると、リリの腕を掴み部屋へと戻ろうとする。

「ジーン？　これから食事に行くのでしょう？」

「中止だ。宿の食事を部屋に運んでもらう」

「いやです。せっかく着替えたのに。僕、すごく楽しみにして――」

「子供の姿でなければ外には連れて行けない。おまえのその姿は目立つと、まえに言っただろうが」

固い口調でそう言われ、強引にいま出てきたばかりの部屋に入れられた。部屋で荷物の整理をしていたティルスが驚いている。

「どうかなさったのですか？」

「外食は中止だ。宿に頼んで食事を部屋に運んでもらえ」

ユージーンが決定事項としてティルスに命じてしまう。リリはムッとして腕を掴んでいるユージーンの手を振りほどいた。

「黒髪黒瞳が目立つらしいのはわかっています。だからフードで隠そうと」

「それくらいでは隠せない。外には出るな」

「子供を夜の街に連れ出すよりもずっと容易いと思います！」

「ダメだ」

　リリから顔を背けながらユージーンは冷たく言い放つ。その態度と言葉に衝撃を受け、リリは涙目になった。

「なにかあってからでは遅すぎる。大人に変化したときは安易に外へ出るな。人目を避けろ」

　それだけ言い置いて、部屋を出て行ってしまった。立ち尽くしているリリに、ティルスが練り絹を渡してくれた。泣きそうになっていたリリは、それで目尻に滲んだ涙を拭く。

「ひどい……横暴だ……ジーンは、僕にぜんぜん優しくない……」

「そんなことはありませんよ」

「でも、この姿で外に出るなって言った……。目立つって……。そんなに変なのかな。どこかおかしいのかな」

「いえ、その逆だと思います」

「逆？」

　ティルスが苦笑いしている。

「まったく自覚がないようですのでもう言ってしまいますが、リリ様はあまりにもお美しいので悪目立ちするのです」

「……僕、美しい？」

「とてもお美しくていらっしゃいます」

そうなのかな、とリリは姿見に自分をうつしてみた。記憶の中にある母の方が、ずっと美しかったように思う。

母は銀色の長い髪を持ち、紫水晶のような神秘的な瞳の美女だった。父は子供のころに出会った母をずっと愛し、成人してすぐに結婚した。母はあまり体が丈夫ではなかったため、一人しか子を産めなかった。側妃を薦める重臣たちの言葉に耳を貸すことなく、父は生涯、母だけを愛した。

母は王妃としての公務はほとんど果たさず、王宮の奥でリリと静かに過ごした。あとになってからサリオラに教えてもらったが、父は母を人目に晒すことを嫌ったらしい。エルフの末裔だからか、母は感受性が強かった。母の心身に負担をかけたくなかったから公務を免除していたのか、夫としての独占欲から父がそうしていたのかは、もう知るすべはない。

「母さまくらいに美しければ、外に出るなと言われても納得できるけど、僕、それほどでもないんじゃ……？」

「リリ様はお美しいですよ」

背後に立つティルスが鏡の隅にうつっている。リリを美しいと言いながら、どこか視線が遠い。リリではなくべつのだれかを見ているような目だと思った。

「あの方も美しかった……」

吐息とともに呟かれた言葉が、リリの耳に届く。

「あの方ってだれのことなの？」

他意はない疑問だ。しかしティルスは我に返ったような表情をしたあと、顔色を変えた。

「あ、いえ、その……」

「ティルスの好きな人？」

「そんな、滅相もありません。あの方は尊い血筋の方で、わたくしなどが、恐れ多い――」

急に額に汗をかき、ティルスが動揺した様子を見せる。いつも落ち着いているティルスにしては珍しい。

「隠すようなことじゃないのに」

「いえ、本当に、その……わたくしが以前、お仕えしていた王族の方を、ふと思い出してしまっただけです……」

なんだ、そういうことか、とリリは微笑ましく思った。ティルスはもう十年も侍従として働いていると聞いた。ガイネス王国は歴史ある大国だ。きっと王族は多く、いろいろな人がいるのだろう。

「ねえ、この長い黒髪が目立つなら、いっそのこと切ってしまおうか」

ティルスは慌てて、「おやめください」と言った。

「どうしてもお切りになりたいなら陛下の許可を――」

「ジーンの許可が必要なの？」

「それは……わかりません。わたくしがそう思っただけです。けれど、陛下はリリ様の御髪をお気に召しているのではなかったのですか」

「ああ、そういえばそうだった」

だったら切らない方がいいのかもしれない。リリは鏡の前で肩を落とした。もっと外に出たい。街の空気に触れたい。せっかく森の離宮から出られたのだから。

けれどいまのリリはユージーンに庇護されている立場だ。勝手はできない。ただでさえ子供の姿のときは、多少の我が儘が許されているのだから。

お腹が情けなくもきゅぅぅと音を立てる。

「お腹が空いた……」

「すぐにご用意いたします」

ティルスが宿の厨房に食事を頼むため、部屋を出て行った。

「……ジーンはヒューゴと護衛だけ連れて、外へ行くのかな」

だとしたらズルい。ひとこと文句を言ってやろうとリリは自分の部屋を出た。隣の扉を叩き
「リリです」と名乗る。

扉を開けてくれたのは護衛の騎士だ。その向こうにヒューゴとユージーンの姿が見えた。テーブルになにかの書類を広げている。国王としての仕事中らしい。

それに気づき、リリは言いたかった文句を飲みこんだ。そういえばリリと外食に行くとき、ユージーンはいつ仕事をしているのだろうか。街の食堂で飲み食いしたあと、リリが満ち足りて眠りについてから、夜更けに書類に目を通しているのではないだろうか。

ユージーンもヒューゴもなにも言わないから、考えもしなかった。

「リリ、どうした？　部屋でおとなしくしていろ」

眉間に皺を寄せた厳しい顔でユージーンがそう咎めてくる。でも腹は立たなかった。

「あの、あの……ジーンは外に食べに行くの？」

「行かない。おまえが宿から出られないのに、俺が行くわけないだろう」

当然のことだと言い切るユージーンに、リリは胸がきゅんとした。

「なんだ、部屋でひとりで食べるのがいやなのか」

「あ、うん」

とっさに肯定する。ユージーンは手にしていた書類に視線を落としながら、「すこし待っていろ」と言った。

「これが終わったら隣に行く。ヒューゴ、俺の食事を隣に用意させてくれ」

「わかりました」

ヒューゴが頷き、騎士のひとりに目配せする。騎士は部屋から出て行き、おそらく厨房へ伝えるために階段を下りていった。

「リリ殿、部屋でお待ちください」

ヒューゴに促されて、リリは自分の部屋に戻った。おとなしく待つことにして、布張りのソファに座る。

ユージーンはあいかわらず大人のリリにそっけないけれど、思いがけないときに優しい。

「それって、ズルいよね……」

いろいろな意味で。

リリは左手小指の指輪を、右手で弄る。試しに引っ張ってみたが、吸いつくように固定されていて動かない。大人の手になってもきつくならずにはまっているのは、いったいどんな仕組みになっているのか。

子供の姿で堂々とユージーンに甘えるのは楽しいし嬉しい。けれどやはり、年相応の姿になってユージーンに大人として扱われたかった。

「またくちづけてもらいたいな……」

あれ一回きりだ。ユージーンは大人のリリに警戒心を抱くようになったのか、近づくことを許さなくなった。子供の姿なら抱っこしてくれる。でもくちづけてはくれない。

どちらの状況が好ましいのか天秤にかけると、やはりリリは大人になってユージーンに二十歳の青年として扱われたいと思うのだ。そっけないけれど無視されるわけではないし、機会があったらまたくちづけてくれるかもしれないし。

あの官能のひとときが、リリは忘れられなかった。思い出すと体がじわじわと熱くなってくるほどだ。

そこへティルスが戻ってきた。

「さきほど厨房に騎士殿が来られて、陛下もこちらで夕食を召し上がると聞きました。よろしいですね？」

ティルスに確認され、リリは頷いた。

「宿の従業員が二人分の食事を運んできてくれます。リリ様、すこしお顔が赤くないですか？　どうしました？　具合でも……」

「いや、なんでもない。気にしなくていいから」

「しかし、もし発熱なら」

「ちがう。たぶんちがうから」

いやらしいことを思い出して熱くなっていたなどと言えるわけがない。それよりも、ティルスに頼みたいことがある。

「指輪を外す方法を知ってる？」

左手小指の指輪を目の前にかざす。ティルスは「それは外れないのでは？」と首を傾げた。

「母さまに、時期が来れば外れると言われてそれを待っていたけど、その時期がいつなのかさっぱりわからないんだ。僕、大人になりたい。なにか方法はないかな」

真剣に相談したリリの気持ちを汲んでくれたのか、ティルスが「石けんでぬるぬるにしたら外れることがある」と教えてくれた。さっそく洗面台で石けんを使ってみる。食事の用意が整うまで奮闘してみたが、外れなかった。

「リリ様、ほかに方法がないか、調べてみます」

ティルスがそう請け負ってくれて、リリは「お願い」と頼んだ。

旅程は十日目を迎え、一行はガイネス王国一の商業都市に立ち寄った。

街は大きな湖に面しており、風光明媚なだけでなく、四方八方へ延びる人工河川を利用した船による荷の運搬が盛んだ。国中の農産物が集められ、毎日のように開かれる市に商人がたくさん集まる。湖に流れこむ川の中には、上流に位置するブロムベルグ地方に繋がるものがあり、石材や鉱石が船で運ばれてきていた。鉱石は品質によって仕分けされ、市で買い取った商人たちが下流の工場へと運んでいく。石材は湖のほとりにいくつか建ちならんでいる加工工場で製品化され、各地の建設現場へと売られていった。

ガイネス王国にとって重要な街だ。

立ち寄れてよかったと思いながら、ユージーンは湖岸の優美な宿の窓から活気ある街を眺める。隣にいるリリは子供の姿で、「すごい……おっきいまち……人がいっぱい」と目を丸くしていた。

四階建ての最上階からは、街が一望できる。湖に面した部屋と街側とを選べたのだが、リリはこちらを選択した。既に夕方という時刻であっても、眼下の通りは荷馬車が行き交っている。その様子を、リリはじっと見つめていた。

リリは観光気分で王都への旅をしているわけではないのだ。森の離宮で十五年を無駄にしたと思っている。そのぶん、精一杯その目でものごとを見て、耳で聞いて、肌で感じようとしている。街の食堂に行きたいと言うのも、そういう理由からだとユージーンは察していた。

ユージーンとしては、街をもっと見たいというリリの願いはできるだけかなえてあげたい。

しかし、リリはいつ大人の姿になるかわからない。正確に時間を計っているわけではないが、リリは日に日に大人でいる時間が増えているように思う。魔法が解けかけているのかもしれない。

大人の姿のリリは目立つ。めったにない艶やかな黒髪と、黒曜石のような瞳、白い肌、ほっそりとした手足。儚げな雰囲気。二十歳のリリは美しすぎて、人目に晒すのが躊躇われた。

リリを見た人々が「あれはだれだ」と詮索し、おそらく、あっという間に噂になる。変に騒がれたくないし、発情期がいつはじまるかわからないのも問題だ。ユージーンがどれだけリリの体臭の変化に気を配っていても、もしどこかのアルファがリリに気づいたら大変なことになるかもしれない。

オメガは貴重だ。だれもが欲しがる。リリは庇護すべき、大切な存在なのだ。

この街でオメガ用の発情抑制剤が手に入ることになっていた。しかし薬の効果はオメガ個人の体質によるところが大きいらしく、リリに合うかどうかは不明だった。万が一、外を出歩いているときに発情したらとんでもない騒動になる。

（やはり、リリは出歩かないようにした方がいいな）

胸の内でそう呟く。

いや、それはただのこじつけだ、とユージーンはわかっていた。自分はリリを人目に晒したくないだけだ。はたしてこの気持ちはただの独占欲だろうか？

まっすぐな気持ちで慕ってくれているリリがかわいいのは認める。子供のリリは抱っこしてぎゅうぎゅうして撫でまわしたいくらいに愛らしいし、大人のリリはそばに置いて一日中でも語らっていたいほど魅了される。その蠱惑的な黒い瞳に見つめられると吸いこまれてしまいそうで、ユージーンはリリと目が合わないように気をつけていた。

数々の誘惑をはねのけてきたユージーンでさえこうなのだから、耐性がない者がリリの虜になってしまったらどうなるか――。

（想像したくない）

しかしリリをだれの目にも触れさせたくないという執着に似た感情は、アルファがオメガに抱く習性のようなものなのか、それとも純粋な愛情なのか、ユージーンは見極められていない。

あと四日で王都に着いてしまう。どうするべきか、ユージーンはいまだ懊悩中だ。

ヒューゴには「往生際が悪すぎます」と叱られた。リリを手放せないと自覚しているのに、なにをぐずぐずと悩んでいるのか、と。

国政に関する事案ならば即断即決を得意としている。しかし自分のこととなるとダメだ。あれこれとこねくりまわして考えてしまう。

「リリ、そんなに乗り出すと危ないぞ」

ユージーンは背後からリリをひょいと持ち上げて、抱っこした。

「ねえ、ジーン。このまちに、ブロムベルグから運ばれてきた石の工場があるって、ほんとう？　ぼく、行ってみたいな。あとね、こうぶつの市も見てみたい」

首にしがみついてきてねだるリリに、ユージーンは「うーむ…」と唸った。

リリが故郷の産物に関する事柄を勉強し直していることを知っているので、問答無用で却下するのははばかられた。

背後に控えていたヒューゴが、「短時間ならばいいのではないですか」と口を出してきた。

「ティルスも同行させましょう。私と二人がかりでリリ殿から離れないようにします。万が一、姿が変化したときに素早く対応できるよう、目隠し用のブランケットや着替えをたくさん準備しましょう」

「ありがとう、ヒューゴ」

リリが感激のあまり悶えている。ヒューゴもリリの向学心を応援したいのだろう。

「そもそも工場の奥は専門の職人でなければ立ち入りできません。馬車でできるだけ近づいて、表と中ほどだけをちらりと見学させてもらい、すぐ帰るくらいならばなんとかなるでしょう。鉱石の市は部外者の立ち入りは事前申請で許可されますが、数日かかります。もちろん陛下が身分を明かせば審査免除で入れますが、鉱石の選別場ならば明日にでも見学できると思いますよ」

「それでいい、ちょっとだけでいいから」

リリがヒューゴの案に乗った。

「その場合、出発が一日遅れます。王都到着の日程もずれます」

「あ、そっか……」

しゅんと項垂れたリリを落とさないように抱き直しながら、ユージーンは「一日くらい遅れてもたいした変更ではない」と苦笑した。

「明日は工場と市の見学に行こう。俺もたまには職人や商人たちの様子を見ておきたい」

「ありがとう、ジーン！」

リリがユージーンの頬にムチュッとくちづけてきた。さらに頬にぐりぐりと頬ずりもしてきて、クソかわいい。

こんなに喜んでくれるのか、たかが工場と市の見学で。もっと嬉しがらせてやりたい、笑顔を見たい――。ユージーンはひさしぶりにそんな気持ちになり、明日をより充実させるためにリリには内緒でいくつかの仕込みをしようと思いついた。


翌日は、朝から鉱石の選別場と石材の加工工場を見学した。運よくリリはずっと子供の姿だったため、職人や商人たちから気安く声をかけてもらえ、楽しそうにしていた。

子供らしからぬ専門的な質問を投げかけては驚かれ、「将来有望な子だな」と褒められてご機嫌になる。足下が危険な場所もあり、そういうときはユージーンが抱っこしてリリとともに移動した。

昼食は工場にある職人たちの食堂に入らせてもらい、おなじものを食べた。質より量といった料理でティルスは食欲があまりわかなかったようだが、リリはおいしいと言っておとなしく食べていた。ユージーンとヒューゴたちは戦場を経験しているため、それを思えばなんでも食べられる。ありがたくいただき、帰り際には工場長に謝礼を渡した。

無事に見学が終わり、一同はホッと安堵して帰路につく。腹が満たされたこととかなりはしゃいだことで、リリは帰りの馬車に乗るとすぐにうとうとし出した。

馬車から宿の部屋までは、またユージーンが抱っこして運んだ。

リリが昼寝をしているあいだに、朝ヒューゴに頼んでおいたものが届いた。リリの部屋にいくつもの箱が積み上げられる。すべて衣料品店のものだ。ティルスが目を丸くする。

「リリのために俺が用意した。そろそろ起こして、湯浴みをさせろ。大人の姿だったら大人の服、子供の姿だったら子供の服を着せてくれ」

かしこまりました、と戸惑いながらも頭を下げたティルスにあとを任せ、ユージーンは隣の部屋に行く。ヒューゴが今日の仕事を携えて待っていた。今日の予定を承知しているヒューゴの主導で、さくさくと書類に目を通していく。必要なものには国王のサインをして、各方面に指示を出した。

あらかた終わったころに、扉を控えめに叩く音が聞こえた。護衛の騎士が開けると、そこには薄絹の衣装を身にまとった夏の妖精のごとき黒髪の麗人がいた。

耳まで赤くした騎士がぎくしゃくと脇に退き、リリに入室を促す。リリはおずおずと部屋に入ってきて、恥ずかしそうに自分を見下ろした。

「あの、着てみました」

一枚だけでは肌が透けるほど薄い絹を重ねて仕立てられた夜会用のドレスだ。意匠は女性用だが、落ち着いた寒色系の染めが華美すぎず、中性的なリリによく似合っている。動くと胸元のフリルがゆったりと揺れ、腰から捻るように床まで垂らされた薄絹がふわりと舞う。

美しい。着飾らせたらリリはどれほど輝くだろうと思っていた。想像以上だった。

「ジーン、どうでしょう？」

衣装を贈ったのは自分だというのに、ユージーンはあまりの衝撃にすぐ言葉が出なかった。

「あ、その、よく似合っている」

「こんな服を着たのははじめてで、ちょっと緊張しています……」

リリが照れたように俯く。妖艶ともいえるほどの姿でありながら、その初心な表情が男心をくすぐった。

「陛下、ちょうどいい頃合いではないでしょうか。すぐにはじめられるよう声をかけてきますので、リリ殿とゆっくり広間へお越しください」

ヒューゴは書類を片付けながらそう言い、急いで部屋を出て行った。

なにも聞いていないリリは「はじめる、とは？」と首を傾げている。ユージーンは深呼吸して気を取り直してから、リリの手を取った。紳士が淑女を導くように。

「じつは、おまえを驚かせようと思い、秘密の仕掛けがしてある。宿の広間を貸し切ってあるから、行こう」

「え?」

きょとんとしているリリを、ユージーンは宿の広間に連れて行った。

ガイネス王国一の商業都市、その中で一番の宿の広間だ。百人で会食ができる大きさの広間は、ランプがたくさん灯(とも)されて真昼のように明るかった。その隅に、白いクロスをかけられたテーブルがひとつだけ置かれている。椅子はふたつ。

そこにリリと並んで座り、ユージーンは「はじめてくれ」と合図を送る。

四方の扉が開き、そこから着飾った踊り子たちが続々と入ってきた。三十人はいただろうか。太鼓や笛の演奏者も十人ほど並び、軽快な音に合わせて一斉に踊り出す。いきなりはじまった派手な演舞に最初リリは圧倒されたようだが、しだいに笑顔になり、太鼓にあわせて手を打ちはじめた。

鳥の羽根飾りがついた扇がくるくる回され、紙で作られた花吹雪が舞う。つぎに細身の男性が十人ほど駆けこんできて、軽々と宙返りした。リリはびっくりしたり感激したりと忙しそうだ。一通りの芸が披露されたあと、演者たちは整列して礼をし、素早く扉から去って行った。

「すごかったです」

リリは頬を紅潮させ、黒い瞳を輝かせてユージーンに笑顔を向けた。

「こんなのはじめて見ました」

「そうか、楽しめたならよかった」

「仕掛けとは、これのことだったのですね」

「この街には各地から人と金が集まる。そのせいで娯楽も充実しているのだ。大小の劇場や軽業師の小屋までいろいろとあり、芸達者が集まっている。劇場へおまえを連れて行くことは難しいが、こうして呼び寄せることはできるからな」

「ありがとうございます。とてもいい経験でした」

「いや、まだ終わっていない」

ふたたび扉が開き、いろいろな大きさの弦楽器を持った男女が何人も入ってきた。静かな音楽の演奏がはじまる。演奏者の前に立った女性が、美声を細く響かせた。賑やかな出し物も面白かったが、湖面に響くような、降り注ぐ月光のような繊細な楽曲もいい。

リリは旋律に身を委ねるように、歌詞を深く理解しようとするように、ときどき目を閉じて聞き入っていた。

テーブルに一番近い扉から、宿の従業員が入ってきた。演奏の邪魔にならないよう、そっと料理の皿を置いていく。肉料理と魚料理、パンと酒。果物を盛った籠も。

リリが目を丸くして「これは？」と聞いてきた。

「演奏を楽しみながら食事をする。これは俺たちの夕食だ」

「聞きながら食べていいの？」

すごい、と身悶えるようにして喜ぶリリに、ユージーンはつい相好を崩してしまった。計画してよかった。

料理は申し分なかった。リリもユージーンもたくさん食べた。そして少しだけリリに酒を勧めてみた。甘めの果実酒を、リリはほんのちょっぴり飲み、すぐに酔った。白い頬を赤くして瞳を潤ませたリリは、猛烈にかわいくて、激烈に艶やかだった。

ご機嫌なリリの様子に、演奏者たちがチラチラと熱い視線を送っている。男女ともにだ。ユージーンはそれが気になった。リリはユージーンの連れであり、こうして着飾らせて宴会を開けるほどの経済力があると見せつけているにもかかわらず、不埒(ふらち)な目で見ているのだ。もうお開きにしようと、ユージーンは立ち上がった。弦の音色と歌声が、ふわりと風のように消える。

「素晴らしい演奏と歌だった。ありがとう。謝礼は宿の従業員から受け取ってくれ」

一斉に頭を下げる演奏者たちを尻目に、ユージーンはリリの手を取った。立ち上がらせると、ふらりと細身の体が揺れる。足下がおぼつかないほど酔わせたつもりはなかった。詫びのつもりでリリを抱き上げる。

「ジーンってばいつも力持ちだね」

くすくすと笑うリリを横抱きにして、ユージーンは広間を出た。酔ったせいで体温が上がっているのか、リリからはいつもより濃い体臭が漂ってくる。ユージーンを陶然とさせる威力があり、そちらに気をとられるあまりうっかりすると階段を踏み外してしまいそうだった。

なんとか最上階のリリの部屋へと運ぶと、ティルスが待っていた。

「これは、陛下……」

「リリを酔わせてしまった」

「ご気分はどうでしょう」

「機嫌は悪くないが、どうだろうな」

「宿に必要なものを借りてきます」

ティルスが部屋を出て行く。リリが気分を悪くした場合に対応できるようにするためだろう。

ユージーンはまっすぐ寝室に行き、寝台にリリを下ろした。ティルスが戻ってくるまでは留まっていようと寝台の縁に腰掛ける。

「ジーン」

細い手が伸びてきて、ユージーンの袖をちょんと引っ張ってきた。

「どうした、気分が悪いか？」

「ちがう。ジーン……僕がどれほどいま嬉しいか、わかる？」

酔いに火照ったリリの頬と唇が、ひどく淫らに見えて困った。

「僕が大人の姿になると、ジーンってばいつも冷たくて、まともに目を合わせてもくれなくて、いつも、僕は寂しかった……」

悲しそうに目を伏せたリリの風情に、ユージーンは胸を突かれた。

「いや、その、あれは――」

「大人の僕が、ジーンは嫌いなんだよね？」

「そんなことはない」

「この髪だけは褒めてくれたけど」

「リリ、ちがう、そうじゃない、いや髪はきれいだ。そこはまちがっていない」

しどろもどろのユージーンに、リリが恨めしげな目をした。

「その場限りの言い訳なんてしなくていいです」

「本当だ、俺はリリを、その、目が合うと困った事態になってしまいそうなほど……」

「よくわかんない」

「いやだから」

「今夜はたくさん目を合わせてくれたから、すごく嬉しかった」

ニコッと蕩けそうに笑ったリリは酔っている。誘われている、と受け取ったユージーンも酔っていた。

素面(しらふ)ならば自制できていたかもしれない。けれどユージーンは我慢できなかった。さっきからずっと体臭を嗅がされていたせいもある。横たわるリリに覆い被さり、その赤い唇に自分の唇を重ねた。

「あ……んっ」

甘い鼻声がリリから漏れ、ユージーンの劣情をぐっと煽った。力が入っていない歯列を舌でこじ開け、リリの口腔に侵入した。まだ二度目でしかないくちづけなのに、馴染み深さを感じるのはなぜだろう。

リリの柔らかな舌も、果実酒よりも香しい唾液も、ユージーンが求めていたものと寸分も違わない。体中の細胞が、「ああ、これだ。これを求めていた！」と歓喜しているようだ。

一瞬たりとも唇を離したくない。舌をねっとりと吸い、唾液を絡める。リリが苦しげに呻き、ユージーンの下で悶えた。逃がさないように体重をかけ、寝台に押しつける。重なった下腹部でゴリッと固い感触があった。

ユージーンはもちろんのこと、リリも興奮していることがわかり、頭の芯がカッと熱くなった。リリの肢体を覆う薄絹をめくり上げ、下肢を露わにする。衣装にあわせて繊細な布地で仕立てられた下着を着けていた。その中で、リリの陰茎が勃ちあがっているのが透けて見える。

そっと下着を剥がし、自分についているものとおなじ器官とは思えないほど美しい形と色をしたものを見つめた。先端の熟れた果実のような愛らしい丸みと、ほんのり赤く色づいた華奢な幹。その下にある双子の実まで、無骨な手で触れたら壊れてしまいそうな、芸術品のような造形美だ。

「いや、見ないで……」

リリが手を伸ばして股間を隠そうとする。可憐なしぐさと濃厚な体臭に、ユージーンはもう途方に暮れそうになる。

「見ないでと言われても」

「痛いの」

「痛い？」

「ジンジンする。また腫れているの？　これ、どうしたらいいか、ジーンは知ってる？」

戸惑ったような声音に、「まさか」とある事実に思い至った。

「もしかして、こんなふうに腫れたのははじめてか？」

「ううん、二回目」

「二回目？」

なんだと？　と怒りがわいた。はじめてリリを勃起させたのは、いったいだれなのか。

「リリ、一回目はだれがこんなふうにした？　怒らないから言ってみろ」

そう言う声はもう怒っていたが、ユージーンにはその自覚はない。

「一回目はねぇ、ジーンにはじめてくちづけてもらったとき……」

リリが内緒事のように声をひそめて教えてくれた。「俺か？」と驚いたユージーンに、リリが恥ずかしそうにもじもじする。

「ねぇ、ジーン……痛いよ。どうすればいいの……」

救いを求めるようにリリがユージーンを見上げてくる。みっともなく喉を鳴らしそうになり、ユージーンは「落ち着け」と自分に言い聞かせた。

「俺が楽にしてやろう」

怖がらせないよう、せいいっぱい優しい声で囁き、ユージーンはリリの陰茎に触れた。手の中にすっぽり隠れてしまう大きさのそれを、加減しながらゆるゆると上下に擦ってやる。

「あっ、いやぁ」

悲鳴に似た声を上げたリリだが、すぐに蕩けるような喘ぎをこぼしはじめた。先端からはとろとろと透明な体液がひっきりなしに溢れ、股間はびしょびしょだ。

「あっ、ああん」

脳髄を痺れさせるような嬌声とともに、リリはあっというまに射精した。四肢を無防備に投げ出し、リリはとろんと蕩けた顔で呆然としている。

無垢さと淫蕩さが絶妙に共存しているリリの姿に、ユージーンはクラクラした。

服の下で、ユージーンの陰茎もはち切れそうに高ぶっている。目の前には、はじめての快感に浸りきって動けないでいるリリが横たわっているのだ。耐えられなくなり、自分のズボンのボタンを外した。服の戒めから解き放たれた陰茎が飛び出す。リリの体液で濡れた手を使い、ユージーンはおのれを慰めた。

リリがふと顔を上げ、ユージーンがなにをしているのか見た。びっくりしたように何度か瞬き、なんと手を伸ばしてくる。ユージーンの陰茎に怖々と触れ、「すごい……」と呟いた。

「どうしてこんなに大きいの？」

そんなことを無邪気に聞かれても。

リリに触れられたことで一気に高まってしまい、ユージーンは二度三度擦ったあとに終わりを迎えた。向かい合っているリリの腹に、大量の白濁が飛び散る。薄絹の衣装が汚れ、一部はリリの頬にまで達した。濃い体液の匂いに、リリの目がぼうっと霞むようになる。

頬についた体液を、リリが自分の指で拭う。不思議そうにそれを見つめたあと、ぺろりと舐めた。目を丸くして、「まずい」と一言。

ぐわっと胸に熱いものがこみあげた。かわいい。なんてかわいい生き物だろうか。

「リリ」

あらためてリリの上にのし掛かり、ユージーンはくちづけた。リリの細い腕が首に巻きついてきて、夢中になって二人とも舌を絡めあう。

発情期がきていなくともかまわない。このまま抱いてしまいたい――。ユージーンはリリの下肢をまさぐった。

「ふふ、ジーン、くすぐったい……」

リリは疲れたのか、眠そうな表情になっている。しかしここで引き下がれるほど弱い情動ではなかった。

「リリ、もうすこしいいか」

尻の谷間を指でなぞろうとした、そのとき。

腕の中のリリが、するりと逃げた。いや——子供の姿になっていた。

愕然とするユージーンの下で、薄絹の衣装に埋もれるように、リリはあどけない顔でうとうとしている。

ユージーンは息を飲んで凍りついた。

しばらくして、のろのろと寝台を下りた。リリに背中を向け、深呼吸しながら乱れた衣服を整える。高ぶった状態のものが、なかなかズボンにおさまらなくて難儀した。

コトッと扉の外で物音が聞こえ、ユージーンは寝室の扉を開けた。洗面器や水差しを抱えたティルスが所在なげに立っている。寝室の中でなにがはじまったのか察した侍従は、ことが終わるのを待っていたのだろう。

「あの……」

ティルスは室内が気になるようだ。ユージーンは扉を大きく開けてティルスを中に入れた。

「リリの世話をしてやってくれ」

あとをティルスに任せて、ユージーンは部屋を出た。

廊下には護衛の騎士とヒューゴがいた。リリの部屋から出てきたユージーンを、ヒューゴは隣の部屋へと促す。扉をしっかりと閉じてから、「早かったですね」と訝(いぶか)しげに聞いてくる。

「……なんのことだ」

「廊下と前室を行ったり来たりしているティルスを捕まえて聞きました。リリ殿となるようになったのですよね？」

「なってない」

ヒューゴの眉間にぐっと皺が寄った。

「なってない？　どういうことですか。リリ殿に寵を与えたのではないのですか？」

「寸前で子供に戻られた」

虚を突かれたような顔をしたヒューゴだが、すぐに「子供の姿のリリ殿には、なにもしなかったということですね」と確認してきた。

「あたりまえだろう。五歳児になにができると言うんだ」

「陛下がもしそんな外道に堕ちたとしたら、私は命をかけて道を正していたでしょう。思い留まっていただけてよかったです」

「うるさいっ」

むしゃくしゃする。こんなにあからさまな欲求不満状態に陥ったのはひさしぶりだ。このままでは眠れそうにない。

「陛下、リリ殿がもし子供の姿に戻らなければ、今夜、なるようになっていたと思っていいのですよね？」

「しつこいな、おまえは」

「大切なことです。陛下が今後、もしまた機会があればリリ殿に伽を命じるおつもりならば、やはり後宮の準備が必要です」

「もうとうに後宮の準備は進めているんだろうが」

「このまま進めてよろしいですか」

「…………リリが、どう思っているかわからん」

「リリ殿は陛下のことを好ましく思っているでしょう」

「それと、後宮に入ることとは別だろうが。俺の寵妃になるのだぞ。あいつは独身の国王の寵妃がどういうものか、わかっているのか？」

「明日にでもリリ殿の意志を確認しましょう」

「やめろ。拒まれたらどうする」

「陛下……」

情けないと呆れられてもいい。ユージーンはリリに断られるのが怖い。リリはこれから大人になるのだ。はじめて出会ったアルファに肉体の快感をちょっぴり教えてもらい、その気になっているだけかもしれない。

「具体的に後宮入りの話を聞いて、そんな生活はいやだ、もっと自由でいたいと言われたらどうする」

「そこは陛下が全力で口説くのが最良かと」

真剣な顔でヒューゴはそんなことを言う。

恋愛の機微に関して、ユージーンはかなり鈍い方だと自覚している。いい年をして経験値は低い。どう口説けばいいのか――。

「陛下、リリ殿がほかのアルファの元へ行ってしまってもいいのですか」

「それは、いやだ」

「ならば全力で引き留めて、陛下にメロメロにしてしまうしかないでしょう？」

「メロメロ……」

自分の方がすでにメロメロなのだが。

半ば呆然としているユージーンを見かねたのか、ヒューゴが「とりあえず、お酒でも用意いたしましょうか」と言ってくれた。

「強い酒を頼む」

すぐにヒューゴが宿の厨房から酒瓶を調達してくる。

「おまえが相手をしろ」

「わかっています」

苦笑いしたヒューゴと二人、深夜までぐだぐだと酒を飲んだ。

ガタゴトと揺れる馬車の中で、リリは子供の姿でふて腐れた顔をしていた。行儀悪く靴を脱ぎ、座席の上で足を抱えている。開けた窓からは四角い青空しか見えない。

騎乗して併走するユージーンを見たいと思ったが、子供の格好で話しかけても当然のごとく子供扱いしかしてもらえないのでつまらない。

旅程は十四日目を迎えていた。

当初の予定では王都に到着している日だが、途中の商業都市で二泊したため一日余分にかかっている。さいわいにもずっと天候に恵まれ、替えの馬の段取りも上手くいき、兵士たちの健康問題も起こらなかったので、たった一日の遅れで明日には王都に着けるところまで来ていた。

今夜、王都にもっとも近い街で泊まる予定になっている。最後の宿泊だ。

「リリ様、果物でも召し上がりますか？」

機嫌が悪いリリを宥めようとティルスが言ってくれたが、べつにお腹が空いているわけではない。「いらない」と断って、ため息をついた。

そして左手小指の忌々しい指輪を眺める。指輪を外したいとティルスに相談してから、数日たつ。あれこれと試してみたが、指輪はびくともしなかった。指に食いこんでいるわけでもないのに外れないのは、魔法がまだ解けていないせいだろう。

どうすれば魔法が解けるのか。リリの母は「時期がくれば」としか言わなかった。

（それっていつなの。ぼくはもう大人になりたい。大人にならないと、ジーンがなにもしてくれない）

商業都市でのあの夜のことが、リリは忘れられない。大宴会を楽しんだあと、リリはユージーンの手で気持ちよくしてもらった。酔っていたが記憶が飛ぶほどではなかった。すべて覚えている。

（あんなの、はじめてだった……）

大人の体はあんなふうに快感を得ることができるのだと知って、衝撃だった。あのときは酔いと、はじめての射精に疲れて眠ってしまった。ティルスに聞いたら、リリが子供の姿になってしまったためにユージーンは諦めて寝室から出てきたという。

子供に戻らなければ、もしかしたらユージーンはリリを起こして続きをしてくれたかもしれない。オメガとして性教育を受けたから、男同士でもどうすれば性交ができるか、リリは知っている。

発情期はまだ来ていないけれど、頑張ればきっとユージーンと体を繋げることができていたはずだ。どうして肝心なときに子供に戻ってしまったのか。

魔法が解けていれば。大人のままでいたらユージーンと深い仲になれたのに。

（どうしよう。はやく指輪をはずさないと、あしたには王都についちゃう。ジーンとはなればなれになっちゃう。たまにしか会えなくなっちゃう）

リリはただ不機嫌になっているわけではなく、内心で非常に焦っていた。ユージーンは大国の国王だ。リリはただの客人扱いになる。もう気安くそばにいることなどできなくなるにちがいない。

ヒューゴはリリに今後の生活の心配はしなくていいと言ったけれど、そんなこと気にしていない。ユージーンに会えなくなることがいやだった。そのまえに既成事実をつくってしまいたかったけれど、あの夜以降、ユージーンは大人の姿のリリと二人きりにならないように気を遣っているようだ。

あの夜のことをユージーンが後悔しているようで、リリは悲しい。雰囲気に流されて、二度と過ちをくりかえさないと誓っているらしい態度に、リリは傷ついていた。

ユージーンはリリのことを好きではないのだ。リリはこんなにも好きなのに。

だからといって諦められない。リリのアルファはユージーンだけだと確信している。

「……リリ様は、本当にオメガなのですか」

リリが指輪を弄っているのを、ティルスが見ていた。もう何度目かになる問いかけに、リリはおなじ返答をする。

「母さまがそう言ったから、オメガだと思う」

「たしかに、大人になったリリ様は男性の逞しさはなく、かといって女性ほど細身ではなく、オメガらしい体つきではありますね……」

ティルスがどこかぼうっとした顔で呟く。王都に近づくにつれ、なぜかティルスはぼんやりすることが増えていた。それに気づいたとき、なにか心に憂いでも抱えているのかとリリが尋ねてみたが、ティルスは「なにもありません」と打ち明けてはくれなかった。

「どうやったら魔法がとけるのかな。母さまにもっといろいろと聞いておけばよかった」

「リリ様は大人になって陛下の寵を受けたいのですね」

そんなふうにはっきり言われるとはしたない感じがするが、そういうことだ。

「……ジーンが、好きなの」

リリは小声で言った。馬車に併走しているユージーンには聞こえないくらいの声量だ。

「ジーンが国王だから好きになったんじゃない。だって、さいしょから好きだった。国王だって知るまえから、ぼく、ジーンのこと、すごくかっこよくて強そうで、やさしい笑顔がすてきで、とってもいい匂いがする人だって思ったもの」

ティルスにはもう何度かユージーンへの想いを吐き出している。うんうんと黙って聞いてくれる侍従を、リリは信頼していた。

この十四日間、いつもリリの様子に気を配り、そつなく世話をしてくれたティルスには感謝している。もし王都のどこかに屋敷を与えられて生活することになったら、ティルスに来てほしいと思っていた。もちろん本人の意向を尊重するつもりだ。王族の侍従から、元王族の使用人に格落ちしてしまうわけだから。

「リリ様はそれほど焦らなくとも大丈夫だと思いますけど。陛下はリリ様のことを真剣に考えておいでではないでしょうか」

「えっ、どうしてそう思うの。あの夜から、ジーンはなにもしてくれないよ?」

「容易く手を出せる相手ではない、という認識ではないでしょうか」

「そうかなぁ、そうかなぁ」

そうだとしたら嬉しいが、肝心の魔法が……。子供の姿のままでは、ユージーンはそうした大人の話をしてくれない。中身は二十歳の青年なのに。

リリのことを好ましいなら好ましいと言ってほしい。嫌いならはっきり突き放してほしい。

それもこれも、魔法が解けなければなんとも——。

「あー……、いつになったら指輪がはずせるのかな……」

もう何十回と口にしている言葉を、ため息まじりでつぶやく。

「もし、このまま子供と大人をいったりきたりするだけで、一生がおわったらどうしよう!」

半分冗談半分本気で嘆いたリリは、ティルスがすっと表情をなくした瞬間を見た。

「……どうしたの?」

「なにがですか」

「具合でもわるい？」

「いえ、どこもわるくないですよ」

　柔らかく微笑み、ティルスがいつもの落ち着いた表情でリリを見た。

「今夜、指輪を確実に外せる方法を試しましょう」

「えっ、そんなのあるの？」

「成功するかどうかはわかりませんが、試してみる価値はあると思います。どうしますか」

「ためしたい」

　即答した。リリはなんとしても指輪を外して大人になりたいのだ。

「では、今夜」

「今夜だね」

「試すことは、陛下にもだれにも言わないでください」

「わかった。内緒なんだね」

「そうです。内緒です。宿の外に出る必要があります」

「そうなの？」

「護衛の目を盗んでこっそりと宿を抜け出すことができますか？」

「やってみる」

「…………」

ひっそりと笑ったティルスに、リリは「だれにも言わない」と約束した。

王都にもっとも近い、ガイネス王国第二の都市フォルセルに一行は到着した。

いままでのどの街よりも大きく、街並は洗練されており、リリは馬車の窓から瞬きも忘れて外の風景に見入った。大通りの石畳にはひとつの乱れもなく、道行く人たちの身なりもきれいだ。通りの両側には花壇があり、色とりどりの花が咲いていた。

フォルセルでは郊外で花の栽培が盛んに行われ一大産業になっているため、市民は安価に購入でき、通りや家に花を飾るのがあたりまえになっているらしい。北の森の離宮からずいぶん南下してきたので、かなり気温が高くなっている。真冬以外は花の栽培が可能らしいのも頷けた。ブロムベルグ地方では見たことがない大輪の鮮やかな花がたくさん見られて目に楽しい。

こんなに大きな街なのに、王都ではない。では王都はいったいどれほどの規模なのか。

明日に迫った王都入りに、リリは複雑な心境になった。

サリオラとの再会は楽しみだが、森の離宮を出るときに感じた怖れがまたよみがえっている。

血筋はれっきとした王族ではあるが、リリは田舎育ちの未熟な青年でしかない。貴族社会の社交など経験がないし、それを助けてくれる身内がひとりもいないのだ。

しかも魔法がかかっていて、いきなり姿が子供になったり大人になったりする。異端視されるに決まっていた。

けれど、ここで尻込みしていたら、離宮の森で眠る五人の侍従たちに申し訳がたたない。過酷な旅に挑んだサリオラにも報いたい。リリがガイネス王国の王都ミューラで、いっさいの苦労なく暮らしていくことが、リリに尽くしてくれた侍従たちの望みなのだ。

大通りの景色を興味深く眺めている最中に、リリは大人の姿になった。慌てて服を替えていると、馬車は落ち着いた雰囲気の石造りの建物の前にとまった。

「リリ様、今夜の宿に到着したようです」

着替えを終え、ティルスに促されて馬車を降りた。正面玄関前には噴水があり、驚いたことに建物の中にも小川が流れている。覗いてみると赤や白といった珍しい色の魚が泳いでいた。贅沢な演出だ。

壮年のがっしりした体格の男が出迎えに立っていた。

「ようこそお出でくださいました、国王陛下」

「ひさしぶりだな」

ユージーンは宿の主人と知り合いらしく、気安く会話をしている。

主人はリリを見て、にっこりと笑顔になった。

「お会いできて光栄です。私の自慢の宿でぞんぶんに寛いでください。なにかありましたら、どんな些細なことでも構いませんので、従業員にお申し付けください」

リリは目礼だけですまそうとしたのに、主人は離れてくれない。

「ひとつお尋ねしてもよろしいですか。陛下とはいつどこでどのようにお知り合いになられたのでしょう?」

「え……」

どう答えていいのかわからず、リリはユージーンに目で問うた。

「おい、余計なことを聞くな」

ユージーンが主人を制してくれる。その隙に、ヒューゴがリリを建物の奥へと促した。ティルスが後ろについてくる。

「あの男は陛下の旧友です」

苦笑いしてヒューゴが説明してくれる。宿の主人は、元は軍に所属していたという。ユージーンとともに十五年前の戦争に行ったらしい。

「リリ殿に興味を抱いてしまう心理は理解できますが、いささか遠慮がなく……」

「僕に興味?」

「陛下がリリ殿のような方を連れて旅をするのははじめてだからです。リリ殿の素性と今後の処遇に関しては、王都に到着してから正式に発表するつもりですので、まだ現段階で明かすつもりはありません。詮索したいのでしょう」

「詮索……。僕はべつに滅亡した王国の最後の王子だと知られても構わないですよ」

「いえ、それだけではありませんから」

ヒューゴは含み笑いをして、リリとティルスを部屋まで送ってくれてから、ユージーンの元へと戻っていった。

「ねえ、それだけではないって、どういう意味だろう」

ティルスに聞いてみる。

「僕が希少なオメガってことかな」

「やはり陛下はリリ様を寵妃になさるおつもりなのではないでしょうか」

「……そうかな。そうだったら嬉しいけど」

リリは窓から外を眺めた。四階建ての宿の最上階からは、整然と並ぶ家屋の屋根が見える。都市計画がきちんと成されているのだろう、適度な緑地もあり、とても住みやすそうな街だ。

「リリ様は陛下の心を掴んでおられますよ」

「でもまだ、ジーンからなにも言われてない……」

リリのことをどう思っているか、これからどうするか、ユージーンから直接なにも聞いてはいなかった。あんなにいやらしい大人のくちづけを二度もしたり、リリの恥ずかしいところを触ったりしたのだから、リリに好意は持ってくれていると信じたい。

この旅の最中に既成事実を作りたかったが、もうそれは無理だろう。明日には王都だ。今夜はティルスと約束した通り、指輪を外すために宿を抜け出すと決めている。

「ティルス、本当に指輪を外せるかもしれないんだよね？」

はい、とティルスが頷いた。

指輪には母の魔法がかかっている。魔法が使える人は母が最後かもしれないと思っていたが、王国第二の都市フォルセルはこれほどの大都市なのだ。人口も多いだろう。魔法を解くことができる人がいるのかもしれない。ティルスは指輪を外す方法をいろいろと探しているあいだに、そうした存在がこの街にいるという情報を得たのだろう。

でもおおっぴらにできない存在だから、ユージーンやヒューゴには内緒にしておかなければならないのだ、とリリは自分なりに考えていた。

「よし、絶対に外すぞ。きちんと大人になって、僕からジーンに求愛するんだ。指輪が外れれば子供の体に戻ることはなくなる。ジーンがせっかくその気になってくれたのに、途中で台無しになる、なんて悲劇も起こらなくなる」

王都入りしてしまうとユージーンに会える機会はぐっと減るだろうが、皆無ではないだろう。少ない機会をものにするためには、指輪を外すしかない。

リリは今夜が楽しみだ。

「日が落ちたら、抜け出す機会をさぐりましょう。そのときリリ様が子供の姿ならば、楽に抜け出せるかもしれません」

ティルスに「そうだね」と頷き、リリは日が暮れるのをドキドキしながら待った。

ユージーンから夕食をいっしょに取らないかと誘いがあったが、リリは断った。本当はいっしょに食べたかった。けれど酒が出ると長くなる。宿を抜け出す機会を逸してしまっては困るのだ。

明日の王都入りに備えて早めに就寝したいから、自分の部屋で夕食をとったあと湯浴みして、すぐに寝るつもりだとユージーンに伝えてもらった。

完全に日が暮れたころ、運がいいことにリリは子供の姿に変化した。ティルスがすぐに子供服を出してくれて、リリは着替える。夕食を取りながら、ティルスから注意事項を聞いた。

「わたくしが廊下にいる護衛の騎士に話しかけて気を逸らすので、リリ様はその隙に外に出てください。宿の裏口まではどう行くか覚えましたか」

「うん」

「宿の裏口を出たら、右へ行きます。つきあたりをこんどは左。しばらく行くと、ちょっとした広場に出ます」

「さいしょは右、つぎに左、そして広場」

「広場に銅像がありますから、そのあたりで待っていてください。わたくしが行くまで、物陰に隠れていてもいいです。わかりましたか」

「わかった」

「できるだけ人に見られないようにしてください。行き先を突き止められたくないのです」

「まかせて」

そのくらいできる。リリは胸を張って返事をした。

いよいよ決行のときがきて、まずティルスがうっかりを装い、リリの部屋を出てすぐの廊下に置かれているランプの火を消した。廊下の端、階段の下り口のところに立っていた護衛の騎士がすぐに気づき、「どうした?」と問いかけてくる。

「すみません。わたくしの不注意で火が消えてしまいました。そちらのランプから火を移してもらえませんか?」

騎士は階段に置かれたランプを取り、ティルスの元へとやってくる。灯りを失った階段は暗くなった。騎士がティルスの手元を覗きこみ、ランプの火を移す。そのあいだに、リリは素早く二人の後ろを駆け抜けた。足音がしないように靴を脱ぎ、両手に持っている。

暗い階段を注意深く下りていき、心の中で「やった!」と快哉(かいさい)を叫びながら一階まで行った。

靴を履き、宿の裏口を目指す。夕食の時間なので宿の従業員たちはとても忙しそうだ。急ぎ足で従業員たちは廊下を行き来しているため、館内でまったくだれにも見られずに移動するのは無理だった。

けれど子供がひとり、うろうろしていても害はないと思うのか、とくに声をかけてくる者はいない。リリの服装や身のこなしが貴族の子にしか見えなかったこともあるだろう。あきらかに、高級宿に忍びこんだ盗み目的の浮浪児ではなく、宿泊客の子供だった。

リリは無事に裏口から外に出ることに成功した。

「えっと、まず右で、つぎに左。それで広場」

つぶやきながら石畳の夜道をトテトテと歩く。ティルスは人通りの少ない裏道を選んだらしく、商店や料理屋の裏口が並ぶばかりで人はいない。表側の賑やかな声だけがわずかに聞こえてくるだけだ。

「あった。これが広場、だよね」

すこし開けた場所に出た。花壇に囲まれ、街灯に照らされた銅像がある。

「だれの銅像？」

リリの背丈よりも高い台座の上に、女性の立像が据えられている。切り花を抱えているようだ。広場の街灯はひとつしかなく、それがだれなのかはわからない。

道の端から人の話し声が聞こえてきて、リリは慌てて銅像の後ろに隠れた。酔っ払いの二人組の男がおしゃべりしながら銅像の前を通り過ぎていく。

ドキドキしながらうずくまっていると、「リリ様？」と小声で呼ばれた。ティルスの声だ。

銅像の後ろから出ていくと、ティルスはホッと安堵したような、どこか痛いような顔でリリを見た。

「行きましょう」

ティルスは周囲を見渡し、リリの手をぎゅっと握ってきた。手を引かれるままに、リリは夜道を歩く。裏道をくねくねとずいぶん歩いたあと、すこし広い通りに出た。

リリは息が上がっていた。いつもはリリの歩調にあわせてくれるティルスなのに、やたらと人目を気にしながら早足で進むものだから、リリはほとんど引きずられる感じで小走りにならなければならなかった。

「ま、まだ？」

「まだです」

ティルスは左右に視線をめぐらせ、「あれかな」と道端にひっそりと停まっている小型の馬車に歩み寄った。一頭立ての馬車で、御者台には黒い服の年寄りが座っている。箱形の馬車は一人かせいぜい小柄な人間二人くらいがくっついて乗れる大きさしかない。

「もしもし、今夜は月夜かい？」

ティルスが御者の老人に変な言葉をかけた。老人はうっそりと顔を上げ、こちらを見ることなく「闇夜だな」と答えた。リリは夜空を見上げた。三日月が浮いている。星も瞬いていた。闇夜ではないと思うのだが。

「リリ様、乗ってください」

「えっ？」

両脇の下にティルスが手を入れてきて、リリをよいしょと馬車に乗せてしまう。ティルスも乗ってきて、扉を閉めるとすぐに馬車は動き出した。馬車の窓は鎧戸が閉まっていて、中は真っ暗だった。しばらくして目が慣れてきたが、ティルスの顔の輪郭くらいは見えても表情まではわからない。

馬車はよく揺れた。かなり古くて摩耗した車輪がいびつになっているのかもしれない。旅に使用されている馬車は派手な装飾は一切ないが、性能のいいものだったのを知った。

どうせ長くは乗らないだろうと思い、リリは揺れに耐えて黙っていた。しかし、馬車はなかなか止まらない。

「ティルス、どこまで行くの」

「もう少しです」

その言葉を信じてリリは暗い箱の中で前を向く。ティルスはリリの片手を握ったまま離さなかった。

（あれ？）

馬車の走る音が変わっていることに気づいた。石畳ではない――。街の中心部からかなり離れたのだ。いったいどこへ向かっているのか、リリは心配になってきた。

「ティルス、遠くまで行くの？　これ以上はダメなんじゃない？　ぬけだしたこと、バレちゃうよ。もうバレているかもしれない。ジーンがぼくを探しているかも」

せいぜい半刻ていどの外出だと思っていた。どれだけ宿を空けることになるのか、ティルスに確認しなかったリリも悪かったのだろう。ティルスの協力で抜け出したことが発覚したら、リリではなくティルスが罰せられることくらい予想がつく。最悪、ティルスは侍従の職を失うかもしれないのだ。

「もう、戻ろう。ティルス、指輪のことは、もういいよ。そのうちはずれるから。帰ろう」

握られている手を揺する。ティルスは顔を進行方向に向けたまま、ちらりともリリを見なかった。

「ティルス、指輪のこと、いろいろ考えてくれてありがとう。もういいよ。宿に帰ろう。ジーンとヒューゴに、ティルスが怒られるかもしれないから、これ以上はダメだ」

「すべては覚悟の上です」

返ってきたのは、いままで聞いたことがないくらい固い声だった。

「リリ様、わたくしはもう宿に戻るつもりはありません」

「……え？」

「あなたも、もう帰れません」

いったいなにを言われているのか理解できず、リリは呆然とした。

暑いですね、とティルスが窓の鎧戸を半分だけ開けた。ティルスの横顔が三日月のわずかな光に照らされる。月光を受けているからだけでなく、顔色が白くなっているように見えた。

「……どういう、こと？」

「わたくしは、十三年前まで、この国の、ガイネス王国の民ではありませんでした。わたくしが生まれ育ったのは、エーンルート王国です」

　静かにティルスが語りはじめる。はじめて聞く話だった。

「エーンルート王国は十三年前に滅びました。わたくしはそのとき十七歳で、エーンルート王家に侍従見習いとして仕えていました。成人前の十二歳のころから、五年間、王族のおそばで日々過ごしていました。素晴らしい時間でした」

　ティルスの目は遠くを見ている。はるかかなたの、十年以上前を。

　以前、聞いた。ティルスが仕えていた美しい王族の話。ティルスはその王族に忠誠を捧げていたのだなと、そのときはなんの疑問もなくリリは受け止めた。当然ガイネス王国の王族の話だと思っていた。

「けれどある日、その幸せの時間は崩れて消えました。ガイネス王国に滅ぼされたのです。わたくしが仕えた王族は処刑されました。王宮前に晒されたご遺体を、わたくしは見る勇気がありませんでした……」

　ティルスの顔が苦悩に歪む。もう十三年も前のことと片付けられない痛みと苦しみが伝わってくる。

「仕方がありません。その戦争を仕掛けたのは我が故国の方でした。強いものが勝つのです。大群を率いた戦上手のユージーン陛下に、我が国の軍は負けました。そして王族はことごとく処刑されたのです。金の装飾に輝く宮殿から、わたくしたち侍従と侍女はすべて追い出されました。仕方がありません。戦争に負けるとは、そういうことです」

ティルスは「仕方がありません」ともう一度くりかえした。

「ユージーン陛下は戦場で鬼神のように勇猛果敢でありながら、理性的な方でした。エーンルート王国の国土を必要以上に蹂躙することはなく、国民をガイネス王国の国民と等しく遇してくださった。徴収する税率は変わらず、むしろ戦災補償まで確約してくださったために生活がよくなりました。わたくしはユージーン陛下のお心の広さに感服し、ガイネス王国の王家に忠誠を誓うことにしました。十二歳のときから侍従の仕事しかしたことがなかったので、ほかに選択肢がなかったということもありますが、心からあたらしい王に仕えたいと思ったのは嘘ではありません」

ふっとティルスが苦笑する。

「この十年間、不満はありませんでした……」

ガタン、と馬車が揺れた。車輪が石でも踏んだのかもしれない。

リリは暗くて狭い馬車の中で、身を縮こまらせて動かないようにしていた。ティルスを刺激したくない。リリの命運はティルスに握られていることが、もうわかった。

指輪を外してやると騙（だま）されて、リリは連れ出されたのだ。

ティルスを信じていた。微塵（みじん）も疑っていなかった。この十四日間の旅のほとんどの時間をティルスと過ごしてきたが、一度も存在を煩わしいと感じたことはない。世話を焼きすぎることがなく、適度な声がけとさりげない手助けに満足していた。仕える主の性格を、的確に見極める能力に長けているのだ。リリが生まれたときから世話をしてくれたサリオラに匹敵するくらい、侍従としてはとても優秀な男だと感心していた。

それなのに。

十三年前の悲劇は、ティルスにとって忘れられないことだったのかもしれない。けれどリリにはまったく関係のない話だ。リリの故郷もすでになく、十五年間も森の中の離宮で細々と生きながらえてきた。

ティルスの大切な王族が処刑されたのは、リリのせいではない。

それに、リリの両親も、攻めてきたダマート王国によって処刑されている。

リリは両親の最期を見ていないが、きっと無残な姿にされたのだろう。離宮に逃れてしばらくは、両親が恋しくて泣いた夜もあった。ダマート王国を恨んだ日もあった。両親を殺された恨みを晴らしたいと復讐心がわきおこったときもあった。

けれど、あの別れの日、父はリリに「国の再興は考えずともよい」と言った。そして、復讐も考えるな、自分らしく自由に生きろとも言った。ただ、ブロムベルグ王家の最後の王子だという矜持だけは持ち続けてほしいと。

リリはその言葉を思い出し、ダマート王国を恨むのをやめた。いつか迎えに来てくれる、ガイネス王国のことを考えるように努めた。父はきっと過去に縛られることなく、未来を向いて生きてほしいと言いたかったのではと思ったからだ。

けれど、ティルスはちがったのだ。いや、いったんは故国を忘れてガイネス王国に忠誠を誓ったが、リリのせいで過去の痛みがよみがえったのかもしれない。

「あの、ティルス……いたいんだけど」

ぎゅっと握られた手をすこしだけ引いてみたが、ますます強く力をこめられただけだった。

「逃げようとしても駄目ですよ」

「……逃げないから」

「いいえ、あなたは逃げます」

ティルスは微笑んだ。わずかな可能性に賭けて、隙があれば逃げようと画策していたリリは黙るしかない。ずいぶん馬車で遠くまで来てしまったようだが、なんとかしてユージーンの元へ戻りたかった。

「陛下が恋しいですか」

ちょうどユージーンの顔を思い浮かべていたリリは、ハッと息を飲んだ。

「ズルいですよね。あなただけ」

「……なに？」

「あなたの国も滅ぼされたのに、こうして生き残って、大国の国王に見初(みそ)められるなんて」

握られた手にますます力がこめられる。ギリギリと締めつけられてリリは顔をしかめた。

「いたいよ、ティルス」

「あなたはなんて運がいいのでしょう。滅ぼされた王国の最後の王子。わたくしの王族は処刑されたのに、あなたは生き残った。十年以上もあの朽ちそうな離宮で生活していたのは不憫だったと思いますが、それでもあなたは自分に忠実な侍従たちに囲まれて不自由はなかったのでしょう？」

　どこまでが「不自由はなかった」という線引きなのか、リリはわからない。

　食糧が乏しくなり、敷石を剥がして畑を作り、川で魚を捕り、森で果実を探した。冬は保存食中心の食生活になる。リリのために相談もなく勝手に自分の食糧を減らし、栄養不足で痩せ細って亡くなった侍従もいた。ある侍従は心を病み、「死にたい」と口癖のようにくりかえし、冬の朝に雪の中で凍えて息絶えていたのを見つけたこともある。

　離宮の裏に、泣きながら穴を掘り、彼らの遺体を埋葬した。

　そうしてリリは生き残った。

　彼らのためにもユージーンを信じて王都へ行こうと決めた。

　まさか、ティルスに裏切られるとは想像してもいなかった――。

　ティルスはいつからリリを裏切っていたのだろうか。最初からだとしたら、とんでもない演技力だ。リリのような世間知らずを騙すのは簡単だっただろう。

嘘だと思いたい。こんなこと。

いまどこへ連れて行かれようとしているのか。怖くてたまらなかった。

「ティルス、宿に戻ろう。いまなら、まだ、まにあうよ」

「いいえ、もう間に合いません。きっともう気づかれています」

そう言うティルスの口調は平坦だ。冷静なのか、すべてが投げやりになっているのかのどちらだろうか。リリの訴えに、耳を貸そうとはしない。

「ティルス、おねがいだから、ぼくを帰して」

「静かにしてください」

「ぼくになにかあったらティルスのせいにされる。つかまっちゃうよ。しょ、処刑、されるかもしれないよ？」

「もとより、逃げおおせるとは思っていません」

ティルスは死ぬ覚悟なのだ。それほどリリは恨まれているのか。リリ自身はなにもしていないのに、リリの素性がティルスを凶行に向かわせているのか。

「そんなの、ダメだよ。だれも死んじゃダメだ」

「黙ってください」

「おねがいだから、ティルス！」

リリが悲痛な叫びをあげたとき、馬車がとまった。

御者の老人が「着いたぞ」と短く言った。ティルスがひとつ息を吐く。ずっと握ったままだったリリの手を、くっと引いた。

「さあ、下りますよ」

「い、いや」

「下りてください」

「いやだ！」

なんとか踏ん張ろうとしたが、いまリリは子供の姿だ。ティルスに抵抗しきれず、無理やり馬車から引きずり出される。地面に下ろされた直後に、乗ってきた小さな馬車が動き出し、来た道を戻っていった。

「まって！」

呼び止めても無駄だった。馬車の行く先のはるか遠くに、街の灯りがかすかに見える。さっきまであそこにいたのだ。子供の足で街まで戻るのは、とうてい無理そうだった。絶望がリリの目の前を暗くする。

リリとティルスが下りた場所は、街外れの荒れ地だった。周囲に民家はなく、もちろん街灯もない。灯りは三日月からのわずかな月光だけ。ぽつぽつと雑木林のような茂みがある。

その脇に、二頭立ての一台の幌馬車が停まっていた。

「遅かったじゃねぇか」

幌馬車の陰から、男がひとり、のっそりと出てきた。身なりはどこかの職人風だったが、伸び放題の髭が荒れた生活を思わせる。黒っぽい髪はざんばらに切られていて、長めの前髪の下から細い目が見えていた。

「待ちくたびれたぜ」

幌馬車の御者にもうひとりの男が乗っていた。こちらも髭面で、手に瓶を持っている。酒かもしれない。

陰から出てきた男はこちらに歩み寄ってきて、リリをじろじろと眺めた。値踏みするような気味の悪い目つきに、リリは引いた。

「な、なに？」

てっきり人里離れたところでティルスに殺されるか、よくても山の中にでも置き去りにされると思っていた。この男たちはなんだろう。

「本当に、このガキがオメガなのか？」

男がティルスに尋ねた。リリは頭を殴られたような衝撃に愕然とした。

「そうです。この子の母親が特殊な能力を持っていて、五歳のときにそう診断したそうです」

「で、この見た目は真実の姿じゃないって？」

「この子は二十歳です。左手の、この指輪に魔法がかかっているので子供の姿になっていますが、ときどき青年に変化します」

「魔法ねぇ、信じられねぇな」

「青年の姿に変化するのを、わたくしは何度もこの目で見ました」

「いまここで大人になってみろよ。ほら」

男がリリの頭を小突いた。力加減がされておらず、リリはぐらりとよろめく。ティルスに繋がれた手が倒れるのを防いでくれた。

「指輪が外れなければ、完全な大人にはなれないみたいです」

「それじゃあ売りに出せねぇだろ。どうすんだよ。ひさしぶりのオメガだっていうから、期待して来たっていうのによぅ」

男が苛立たしげにティルスに詰め寄る。人買いだ。リリはやっと男の正体に察しがついた。

ティルスはリリを人買いに売るつもりなのだ。

買われたオメガがどうなるか、リリは知っている。娼館に売られるのだ。そこで死ぬまで客をとらされることになる。好きでもなんでもない男たちに、わずかな金銭と引き換えに、この身を嬲られ続けて一生を送るはめになる。

リリは恐ろしさのあまり、ガクガクと震えはじめた。ティルスに握られた手を外そうと、なんとかもがく。手が離れたからといって、リリの足で逃げ切れるとは思えない。それでも、なんとかしたかった。

「指輪が外せれば、魔法が解けるみたいです。そうすれば大人になります。それはそれは美しい青年ですよ」

ティルスがリリを男の前へ押し出す。男がリリの腕を握った。ティルスから、人買いの男にリリが渡された。

掴まれた二の腕から、男の体温がじわりと伝わってきて、リリはぞっとした。

「仕方ねぇなぁ。ここまで来て手ぶらで帰るわけにはいかねぇ」

ほらよ、と男が懐（ふところ）から小さな革袋を取り出す。それを受け取ったティルスは両手できつく握りしめ、俯いた。

リリはそのまま幌馬車の方へと男に引っ張られていく。荷台の中が見える位置まで来て、リリはヒッと息を飲んだ。幌がかけられた荷台の隅に、子供がいた。十歳に満たない年齢に見える女の子と男の子が、肩を寄せあうようにして丸まって座りこんでいる。

「ほら、おまえたち、仲間が増えたぞ」

男がふざけた口調で声をかけた。子供たちが身動ぐと、チャリ…と金属が触れ合うような音がかすかに聞こえた。荷台の中は暗くてよく見えないが、子供たちは逃げないように鎖で繋がれているのでは、とリリは想像した。

「しかし、こんなに小さい子供だと、たいして値がつかないんだよなぁ。労働力にはならないし、本当にオメガなのかどうかもあやしいし」

男がため息をつきながら呟く。すると御者台からもうひとりの男が声をはりあげた。

「その魔法がかかっているとかいう指輪、とりあえず取っちまえばどうだ。本当に大人の姿になるなら、そっちの方がいい。二十歳ってのは薹が立ちすぎているが、オメガなら高く売れる。一年は遊んで暮らせるぜ。売り飛ばすまえに発情期が来たら、オレたちが味見がてら楽しめばいい」

ぎゃはは、と下品な笑い声をたてる。リリは絶望のあまり気を失いそうだった。

「指輪ねぇ」

男がリリの左手の指輪をまじまじと見る。

「細工が細かいな。これは金か？　売り物になりそうだな」

指輪を男が抜こうとした。ぐいぐいと引かれて痛みが生じたが、やはりびくともしない。

「抜けねぇなぁ」

「ホントに抜けないのか？」

御者台から男が下りてきて、リリの手元を覗きこむ。もう一人の男にも指輪を引っ張られたが、抜けなかった。リリは指がじんじんと痛くてたまらなかった。恐怖と痛みと悲しみのあまり、涙が滲んでくる。

「面倒くせぇから、いっそのこと切り落とそうか」

「そりゃいいや。そうしよう」

男たちの会話に愕然とする。リリは思わずティルスを振り返った。ティルスにも話が聞こえていたらしい。顔色を失ってふらふらと歩み寄ってきた。

「や、やめてください。切り、落とす、って、そんな、そんな！」

「うるせぇ。おまえはもう関係ないだろ。こっちに口出しすんな。もう行っていいぞ」

男が荷台から斧のようなものを取り出した。刃先が月光に鈍く光る。リリはうつ伏せに地面に倒された。男のひとりに押さえつけられ、もうひとりが斧を振りかぶる。

「リリ様！」

「た、たすけて……」

恐ろしさのあまり、もう掠れた声しか出ない。

「やめてください！　そんなことをしなくても指輪を外す方法はどこかにあります。やめて！」

ティルスが男たちに飛びかかった。「邪魔するんじゃねぇ」とあっさり殴り飛ばされ、ティルスが倒れる。それでもティルスは立ち上がり、また男たちに挑んだ。

「お、お金は返します。やめて、そんな酷いことはやめてください」

「ふざけたこと言ってんじゃねぇよ。このガキはオレたちがおまえから買ったんだ」

「ごめんなさい、売りません、取り消します、だからやめてください」

「いまさらうるせぇんだよ！」

またティルスが殴られた。倒れたところを激しく蹴られ、ティルスは腹を両手で押さえて動けなくなる。あらためて男が斧を振りかぶった。

　もうダメだ、とリリはぎゅっと目を閉じる。そのとき、リリは伏せている大地から響く音に気づいた。大地を叩く力強い音と、かすかな振動。これは——。

「ん？　なんだ？」

　男たちが静止して耳をすました。これは馬の蹄の音ではないか、とリリがハッとしたとほぼ同時に、「ヤバい！」と男たちが緊迫する。

　男たちは素早かった。斧を荷台に投げると、リリの体も荷物のように放りこむ。リリの軽い体はごろごろと囚われの子供たちのそばまで転がった。すぐに幌馬車が動き出し、リリはまた転がる。

　荒れた道を、幌馬車はいきなりかなりの速度を出して走り出した。上下左右の揺れの中、なんとか起き上がって荷台から後ろを見る。ティルスがふらつきながら立ち上がろうとしているのが見えた。

　その横を、突然現われた馬が駆け抜けた。人を乗せた馬が何頭も雑木林の向こうから現われて、集団で幌馬車を追いかけてくる。

「えっ……」

　目を凝らせば、先頭を走るのは黒毛の馬だった。騎乗している人物の顔までは判別できない。けれど、その背格好から、リリがもっとも助けを求めていた男だとわかる。

「ジーン！」

声の限りに叫んだ。まちがいない、あれはユージーンだ。宿からいなくなったリリを探して、どうしてここを突き止められたのかわからないが助けに来てくれたのだ。

「リリ！」

ユージーンの声に、リリはどっと涙を溢れさせた。

リリの姿がない、と報告を受けたのは、ユージーンが夕食を終えてすぐのことだった。

「いない？　どういうことだ？」

ヒューゴは深刻な表情になっている。

「今夜は早く寝たいから、自分の部屋で食事を取りしだい湯浴みをして休むと聞いたが」

「食事は済ませていました。浴室は使用した形跡がありません。宿中を探しましたがリリ殿は見当たりませんでした」

「侍従はどうした」

「ティルスもいません」

「勝手に二人で外に出たのか？　どうして護衛の騎士が気づかなかった」

「申し訳ありません」

ユージーンは外していた剣を持ち、部屋を出た。前室と階段に配置されている騎士を厳しい目で見ながら、階下に行く。ユージーンの動きに合わせて、彼らもついてきた。

一階に旧友である宿の主人が待っていて、ユージーンを見つけると駆け寄ってくる。

「陛下、いま全館をくまなく捜索しています」

「リリは子供の姿になっているかもしれない」

「子供？　いなくなったのはリリ殿ではないのですか？」

理解できないといった顔の主人に、ユージーンは舌打ちしたくなった。リリの事情はできるだけ秘密にしておきたくて話していなかった。それが裏目に出たかもしれない。

「黒髪黒瞳の五歳児を見なかったか、すべての従業員に尋ねてくれ。いますぐに」

「か、かしこまりました」

主人は慌てて奥に引っ込む。しばらくして従業員をひとり連れて出てきた。中年の男だ。

「陛下、この者が黒髪の子供を見たと言っています」

男はユージーンの前に膝をつき、「申し訳ありません」と平伏した。震えながら、「私の腰ほどの背丈の男の子を見ました。黒髪、黒い瞳だったと思います。裏口から外に出て行きました。まさか陛下のお連れ様とは知らず、黙って見送ってしまいました」と証言する。

リリは自分から出て行ったということか。たったひとりで。いったいなんのために。

「ティルスは？」

「リリ様の侍従でしたら、正面玄関から出て行くのを私が見ました」

主人がそう話す。

「まったく不審なところはなく、なにかの用事で外出するのだと思ったので、声をかけませんでした」

リリとティルスはばらばらに宿を出たというわけだ。偶然だろうか。ユージーンが夕食をともにしようと誘ったにもかかわらずリリは断っている。宿を抜け出すのは計画的だったと思っていいだろう。

いったいなんの用があって抜け出したのか。

「ヒューゴ、すぐに二人を探せ。全員でだ」

はっ、と短く返事をし、ヒューゴが主人に街の詳細な地図を出させた。騎士たちを何組かに分けて捜索に当たらせる。ユージーンは一階の玄関前を陣取り、報告を待った。いつでも出られるよう自身の身支度を整え、マントもまとう。愛馬を宿の厩(うまや)から出し、鞍をつけて外に待機させた。

リリとティルスの行方はなかなか掴めず、時間だけが過ぎていく。一個小隊、五十人が街中を探しているのに見つからない。ただ夜の散歩に出かけただけならとうに見つかっている。

この街の治安はそれほど悪くないはずだが、夜道を身なりのいい子供がふらふらできるほどでもない。誘拐され、どこかに連れこまれていたら、探し出すのは困難だ。

（リリ……）

暴力を受けていないか、どこかに閉じこめられて怖がっていないか。子供が性的対象になる者もいる。大人の姿に変化していたら、その危険度はもっと増す。想像するだけでユージーンは背中に嫌な汗をかいた。

いまこの瞬間にも酷い目にあっているかもしれないと思うと、もう居ても立ってもいられなくなる。苛々と歩き回りたい衝動をなんとか抑えて、ユージーンは無言で立っていた。

「陛下、不審な馬車を見つけました」

息せき切って戻ってきた騎士の報告に、ユージーンは一筋の光明を見た。

「こんな時間に目立たないよう裏道をこそこそと移動していました。われわれを見て逃げようとしたので捕まえ、御者の老人を尋問したところ、黒髪の子供と三十歳くらいの男を乗せ、郊外へ運んだと白状しました」

「どこへ連れて行ったのだ」

「街外れの荒れ地です。方角と道順、距離は聞き出しました」

ユージーンは剣を腰に佩き、騎士数人を引き連れて外に出た。出番を待っていた黒馬が、ブルルルッと鼻を鳴らす。騎乗して「行くぞ」と愛馬に声をかけると、張り切って駆け出した。

そのままの勢いで、ユージーンは夜の街を駆け抜けた。

街を出ると街灯のない夜道は暗かったが、三日月の僅かな月光で照らされた道をひた走った。戦場で鍛えられたユージーンは夜目が利くうえに、整備されていない道でも苦もなく駆けることができる。訓練された騎士たちも同様だ。なにも命じなくとも隊列を組んでユージーンのあとをついてくる。

点在する雑木林の向こうに、幌馬車が一台だけ停まっているのを見つけた。周囲に民家はない。農地もない。不自然だった。

ユージーンが馬の腹を蹴って速度を上げると、幌馬車が急に動き出した。まるで逃げるように御者が馬に何度も鞭を入れているのが見えた。

「陛下、あそこに！」

併走していた騎士が指を差したところには、ティルスがいた。呆然とした様子で幌馬車を見送っている。ティルスの横を猛然と走り抜け、ユージーンたちは幌馬車に肉薄する。荷台から子供が顔を出した。

「ジーン！」

リリだった。暗くとも見間違うはずがない。必死に手を伸ばすリリは泣きじゃくっていたが、元気そうだった。自分は間に合ったのだ。

　ホッと胸を撫で下ろしながら、背後の騎士たちに合図を送る。彼らは素早く幌馬車を追い越し、進行を妨げた。「うわぁ！」という男の声と馬の嘶き（いなな）きが同時に聞こえ、幌馬車が急停止する。あやうく横転しそうになりヒヤリとしたが、なんとか持ちこたえた。

　リリは荷台の中で転んだようだ。ユージーンは馬から下り、慌てて中を覗きこんだ。リリの他にも子供がいて驚く。体を縮こまらせて怯えたようにしている男女の子供。その痩せた足に鎖が巻かれているのが見えた。

（人買いか！）

　なんてことだ、と嘆きが胸に膨らむ。僻地の貧しい農村では、いくら取り締まっても口減らしの意味もある人買いが横行していると聞いてはいた。けれど王都にもっとも近い第二の都市でこんなことが起こるとは――。一瞬で、朝になったら手を打たなければならない事項がつぎつぎと頭に浮かんだ。しかし。

「ジーン、ジーン！」

　荷台から飛びついてきた小さなリリを抱きとめて、ユージーンはその震える背中を撫でた。

「ジーン、こわ、こわかった、こわかった」

「よしよし、もう大丈夫だ。ケガはないか？」

　ユージーンはリリの全身をくまなく確認した。暗くてよく見えないが、目立ったケガはない。

「どこか痛いところはないか」

「ないよ、ジーン……」

「……リリ」

小さな顔を両手で包み、黒い瞳を覗きこむ。縋るように見つめてくる一途なまなざしに愛しさがこみ上げ、胸が熱くなった。柔らかな頬にそっとくちづける。涙の味がした。

ふわっとリリの周囲で風が起こる。ひらひらと千切れた布片が舞い、リリは大人の姿になった。半裸のリリが、ほのかな月光の下、現実とは思えないほどの美しさをまといながら現われる。

ユージーンは秒の早さで自分のマントを外し、リリの体に巻きつけた。人買いの男たちのまえで大人に変化しなくてよかったと、ユージーンは安堵の息を吐く。

「無事でよかった、リリ」

「ジーン……」

あらためて抱きしめあい、ユージーンはリリの首元に顔を埋めた。心地よい匂いを胸いっぱいに吸いこむ。愛しい存在を取り戻した実感を噛みしめた。

「ジーン、助けに来てくれて、ありがとう」

「勝手に宿を抜け出したこと、きっちり説明してもらうぞ」

「ごめんなさい……」

しゅんと項垂れるリリに苦笑し、ユージーンはその繊細な美貌に手をあて、上を向けさせる。柔らかくくちづけた。リリが目を見開いてユージーンを凝視してくる。

「もう俺から離れるな。心配のあまり、寿命が縮むかと思った」

もう一度、くちづける。リリの両目は丸くなったままだ。そのうちじわりと濡れてきて、いったんは泣き止んだはずの目から、大粒の涙がぽろぽろとこぼれてくる。

「ジーン……」

両手を伸ばして縋りついてくるリリを、ユージーンはきつくきつく抱きしめた。


宿に戻ったあと、リリは子供の姿にまた変化した。かなり疲れていたので宿の従業員の手を借り、湯浴みを済ませた。ひとりで寝るのは怖いと訴えたリリが寝付くまで、ユージーンは寝台の横につきそった。

明け方、リリは熱を出した。ユージーンは宿の主人をたたき起こして街の医師を呼び寄せ、診察させた。悪い病気でも移されたかと青くなっていたユージーンに、医師は「大丈夫です」と眠そうに告げた。

「喉は腫れていませんし、目に異常もない。心音も正常の範囲内で呼吸に雑音も混ざっていません。大変な目にあったようなので、体がびっくりして発熱したのでしょう」

そう言って、「これ以上の高熱になるようだったら飲ませてください」と薬を置いていった。

ユージーンは王都入りを延期することにした。

「リリの体調を優先しよう。急ぐ必要はない」

「ごめんなさい……」

発熱でふうふうと苦しそうにしているリリを見舞い、ユージーンはそう宥めた。

王都にはすでにフォルセルまでユージーンとリリが来ていることは伝えてある。出迎えの準備は整っているだろうが、ここで数日延期になったからといって国政にはなんら影響はなかった。問題は救護院に入院中のサリオラだ。

ゆっくり療養したおかげで回復し、立ち歩けるようになったというサリオラは、リリが隣の街まで来ていると聞き、すぐにでも会いたいと騒いでいるらしい。あと数日待ってほしい、と宥めるのが大変だと救護院からの伝言を受け取った。

人買いの男二人組とティルスは、あの場で捕縛（ほばく）され、街の首長に預けられた。現在、順番に尋問しているところだ。

人身売買はずいぶん昔に違法とされているので、人買いの男たちは問答無用で厳罰が課せられる。幌馬車に乗せられていた子供は保護された。親元に帰されるかフォルセルの孤児院に入るかはまだ決まっていない。

問題はティルスだった。午後になってからいくぶん熱が下がってきたリリは、ティルスの事情を汲んでやってほしいと擁護の姿勢をとった。

「ティルスはエーンルート王国の侍従だったんだって」

体を起こした子供の姿のリリに小さく切り分けた果実を食べさせていたユージーンは、その話に顔をしかめた。

ユージーンは今回の事件が起こるまで、ティルスのそんな経歴を知らなかったのだ。ヒューゴも聞いていなかった。おそらく、ティルスを侍従として王城に雇い入れ、リリの世話係として推薦した侍従長は知っていただろう。だが、こんな事件を引き起こすとは思ってもいなかったにちがいない。

この十年、ティルスは一点の曇りもない働きぶりだったのだ。だから侍従長はティルスを選んだ。王都に戻ったら、責任を感じて辞職を願い出るだろう侍従長を、どう引き留めようかとユージーンはいまから頭が痛い。

「もっと食べるか？」

「うん」

「食欲が出てきてよかった」

ユージーンが果実をリリの口元に持っていくと、ぱくりと食べる。もぐもぐしているリリは、とんでもなくかわいかった。

「それに、ティルスは、指輪をはずすために、ぼくの腕ごと切りおとそうとした男たちに、やめてくれって止めようとしてくれたんだよ」

「腕ごと……それは初耳だな」

果実の皿を持つ手が怒りのあまりぷるぷると震えてしまう。男たちは自分に不利になる証言はまだしておらず、ティルスもほぼ黙秘しているらしいので、あの場でどんな会話がなされたのか詳細はまだつまびらかにされていなかった。

部屋の隅で待機しているヒューゴが顔を歪めている。王都から急遽派遣されてきた若い侍従も、痛ましげな表情になった。

「ぼくが本当にオメガなのかどうか、指輪をはずしてたしかめたかったみたい」

ユージーンの本心としては、ティルスは人買いの男たち以上の厳罰に処したい。彼はリリを、希少なオメガとして売ろうとしたのだ。その後、リリがどんな目にあうかわかっていて。

「でもティルスが、お金は返すからぼくをはなしてくれって、いっしょうけんめいに男たちを止めようとしてくれたんだ。殴られたり蹴られたりしていたのに」

それはたんに怖じ気づいたのだ。目の前でリリが傷つけられそうになり、現実をつきつけられた。自分の心を守るために制止したにすぎない。

「ティルスにひどいことはしないで」

黒い瞳に懇願されて、ユージーンは不承不承、頷いた。

リリは夜になってから平熱に戻った。それでも発熱の名残か白い頬がほのかに赤く、目が潤んでいる。子供の姿でなければ押し倒したいくらいに輝いて見えた。

「大事を取って、もう一日、ここに留まろう。王都入りは明後日(あさって)だ」

慎重なユージーンに、リリはさらに慎重だった。

「もう二、三日、このまちでゆっくりしたいな」

部屋にこもっているのが退屈ではないのか、そんなことを言う。

「リリがそうしたいなら、まだ数日は療養にあててもいいが……サリオラに会いたくはないのか？　向こうは会いたがっているようだぞ」

「元気になったの？」

「ぴんぴんしているらしい」

リリは嬉しそうに、ふふふと笑った。けれど王都入りに関しては、ぐずぐずと日延べをしたがった。

「怖がっているのかもしれませんね」

ヒューゴに意見を求めたら、リリの心情をそう分析した。

「怖がっている？　なにを？」

「この街フォルセルに入ったとき、リリ殿はあまりの大きさに驚いていました。王都はここよりも規模が大きいのかとティルスに聞いていましたよ。森の中の離宮で育ったわけですから」

「もしそうだとしても、あの子の心の準備ができるまでずっとここに留まっているわけにはいかないぞ」

「陛下が説得してください。というか、口説いてくださいよ」

ヒューゴがユージーンの胸を指でぐいと突いてきた。痛い。

「リリ殿はおそらく王都入りしたあとの生活にも不安を抱いています。当初の予定では、ベルンハード王子には王族が所有する離宮か別荘を下賜して、生活費は王家の私的財産から負担することになっていました。ベルンハード王子の保護は、国同士の正式な契約ではなく、国王同士の私的な約束にすぎませんでしたから」

さらにぐいぐいと指で胸を突かれる。手を払っても、またぐいぐいされた。

「リリ殿は陛下と離れたくないのです。後宮の用意はとうに整っているでしょう。いつでも入れますよ。さっさと口説いて、リリ殿の憂いを晴らしてください」

「いや、しかし……」

「なんですか」

「あの子にとって、俺ははじめて会ったアルファだぞ。選択肢がまるでないじゃないか。今後、もしほかのアルファの方がいいと思っても、いったん俺の寵妃になってしまったら――」

「バカですか」

ヒューゴに正面から罵倒されて、ユージーンはうっと胸を押さえた。ぐいぐいされていなくても痛い。

「そんなもの、ほかのアルファに目移りしないようにがっちり虜にすればいいのです。ガイネス王国の国王ともあろう人が、なにを弱気になっているのですか。発情期が来ていなくとも構いません。リリ殿がこんど大人の姿になったら、押し倒してください」

「無理やりは……」

「だから口説いてその気にさせてから押し倒すのです。無理強いしろとは言っていません。バカですか」

二回もヒューゴはバカと言った。

「そもそも、リリ殿がほかのアルファがいいと言ったら、あなたはそれを許すのですか？　手放せるのですか？」

「だれにもやらない！」

考えるまでもない。リリはユージーンだけのものだ。もう、そう決まっている。

ヒューゴが呆れたようにため息をついた。

「だったら私のまえでおろおろしていないで、リリ殿のところへ行ってください」

背中を押され、ユージーンはリリの部屋に押しこめられた。そこには侍従と護衛の騎士がいて、廊下でヒューゴと揉めたあげくいきなり入ってきたユージーンにすこし驚いていた。

「なにかありましたか？」

「い、いや……」

ごほん、と空咳をして、ユージーンはいまさらながら背筋を伸ばした。

「リリは？」

「寝室です」

「また具合が悪くなったのか？」

「いえ、お元気です」

「リリと込み入った話をする。外してくれ」

侍従と騎士は礼をして退室していった。なにをどう話すかまだ考えがまとまっていないが、とりあえずリリの顔を見たいと思い、ユージーンは寝室の扉を軽く叩いた。「はい」と返事が聞こえたので昼寝しているわけではないようだ。

「リリ、俺と――リリ？　リリ！」

寝台にリリがおらず、視線を巡らせてギョッとした。子供の姿のリリが、窓の外の露台にいた。手すりの上に身を乗り出して、つま先立ちになっている。

「リリ！」

考えるより先に体が動いた。わずか二歩で露台に駆けていき、リリの服を片手で鷲掴みにする。もう片方の手で胴体をすくい上げるようにして手すりから下ろした。

「あれ？」

きょとんとしているリリに危機感はない。カッと頭に血が上った。

「危ないだろう、なにをしていたんだっ！」

「え？　花をとろうとおもって……」

たしかに手すりの下まで伸びた蔓に花が咲いている。大人なら届いたかもしれない。だが子供の姿では無理だ。

「花がほしかったなら俺に言え。危うく落ちるところだったぞ。俺の寿命をまた縮ませるつもりか」

「ご、ごめんなさい」

しゅんとなったリリを抱っこして、ユージーンは室内に戻った。寝台に座らせ、そのまえにしゃがみこむ。目線を合わせて、正面から問い質した。

「わざとではないんだな？」

「わざとって、なにが？」

「あそこから落ちるつもりだったわけではないな？　まさか死ぬつもりだったのか」

リリは逡巡するような間を空けて、「ちがうよ」と小声で答えた。

ユージーンはため息をつく。死ぬつもりはなかったが、落ちてもかまわないという気持ちがあったわけだ。

けれど扉を叩いた音に「はい」と返事をした。リリの中でも、死への欲求が明確ではないのだろう。しかし、現状と先行きに不安があり、ここで運に賭けるくらいには自暴自棄になっている。

「……俺のせいだな」

「ジーン？」

「俺がはっきりしないから、おまえは不安なんだろう」

リリは視線を泳がせ、ユージーンを見ない。

「ぼ、ぼく、魔法がとけないと、大人になれないから……」

左手小指の指輪を、リリが右手で触れた。

「王都についたら、ぼくはもう、ジーンといっしょにいられないんでしょう？　子供だったり大人だったり、魔法なんて、みんなしんじられないよ、きっと。そういう時代になったんだよね？　ぼく、気持ちわるいよね」

「リリ、それはない。おまえが気持ち悪いなんて、あるわけがない」

俯いたリリが、ぐすっと洟をすすった。

「ここまで、来るあいだに、指輪をはずしたいと思っていたけど、ダメだった……。サリオラにあいたいとは思うよ。ぼくに仕えて、離宮で死んでいった侍従たちのためにも、ぼくは王都でしあわせにならなきゃいけないと思って、がんばってきた。でももう、なんか、疲れちゃったかもしれない……」

　ふう、とリリが子供姿には似合わない、重いため息をつく。

「ごめんなさい、ジーン。いろいろとよくしてくれたのに、ぼく、こんなこと言って」

「リリ、王都に着いてからのことは――」

「ジーン、あした、王都にいこう。わがままばかり言ってごめんなさい。ヒューゴから聞いてる。ぼくのこれからの生活については、ぜんぶジーンが不自由がないようにしてくれるって。ありがとう。ぼく、なんとか、もういちどがんばってみるよ」

　にこっと笑ったリリだが、どこか辛そうで、見ているユージーンまで悲しくなった。

「もうわがままは言わない。ジーンに迷惑をかけないように、おとなしくしている。指輪がはずれないなら、もうそれはしかたがないってことだよね」

　リリは両手をぱちんと合わせて、足をぶらぶらさせた。わざと子供ぶってみせている。

「オメガの発情期は来ないわけだから、ある意味、楽かもしれないよね。発情期はくるしいっていうから、ちょっとこわいし、どこかのアルファに見つかって、おそわれる心配はないし――」

「リリ、おまえのアルファは俺だろう」

　悲観的な言葉の羅列(られつ)を聞いていられなくなり、ユージーンは遮った。リリはユージーンをじっと見つめてくる。

「なにを言っているの……」

「おまえの唯一のアルファは俺で、俺のオメガもおまえしかいない」

　ユージーンは床に片膝をつき、リリの両手を取った。ちいさな子供の手だ。右手の甲にくちづけをし、左手の指輪にも唇を落とす。

「リリ、俺の後宮に入ってくれないか」

　たったいま決心がついた。だれにも渡せないと思っている大切な存在を、こんなに苦しめて悲しませているのは自分だ。対策を講じることができるのも、自分だけだった。

「俺の後宮にはいまだれもいない。おまえが主になってくれ。そうすればいつでも会える」

　リリの手が小刻みに震えた。

「そんなこと、できるわけがないよ……。だって、ぼく、こんな……子供だよ？」

「たまに大人になる」

「むりだよ。国王の後宮なんて、ぼくみたいなのが入っていいところじゃないでしょう。オメガだけど、大人になりきれないからなにもできないし」

「なにもしなくていい。おまえは後宮で好きなように遊んでいろ。サリオラと自由に会えるようにもしてやる」

「ジーンの迷惑になっちゃう」

「おまえが離れた場所でめそめそ泣いているかもしれないと、一日中、心配していることの方が、俺にとっては面倒だ。いつでも会いに行ける後宮にいてくれたら、安心して仕事ができる」

そうだ、それが一番いい環境だ。

ユージーンは執務の合間にいつでも後宮へ様子を見に行ける。リリが子供の姿でも大人の姿でも、楽しそうに過ごしていてくれれば安心だ。完璧に守ってあげられる。以前言ったように、リリが学びたい分野の教師を手配したり、専門書を取り寄せたりしよう。ユージーンといっしょならば、職人の工房への見学だって行ける。

子供なんかできなくていい。もともと妹の子を後継にするつもりだったのだ。

「リリ、俺はおまえ以外は考えられない。正妃にしたいところだが――」

「それは無理だよ、ぜったい！」

「まあ、無理だな。大人の姿になったときを狙って式を挙げても、途中で子供に変化されたら大変だ」

想像したらおかしくて笑えた。リリが情けない顔になっている。

「なに、笑っているの、もう」

「おまえは王都で幸せになるんだ」

「ジーン……」

「おまえが幸せなら、俺も幸せになる。俺を幸せにしてくれるか。おまえがそばにいないと、俺は幸せになれない」

　また俯いたリリの顔を、下から覗きこむ。

「……こんなぼくでもいいの」

「リリがいい」

　白い頬がほんのりと赤くなってきた。黒い瞳が涙で潤み、かわいらしい唇が「ジーン」とユージーンの愛称を呼ぶ。

　思い返せば、最初からリリは特別だった。亡くなった母がユージーンの幼児期にだけ呼んだ愛称は、いまやだれも口にしない。それを許した。「ジーン」とリリに呼ばれるたびに、愛しさは増していったように思う。

「リリ、俺の後宮に入るのはいやか？」

「……い、いやじゃない……。でも、ぼく、子供……産めないよ、きっと」

「俺はリリがいてくれればいい。次の国王は妹の子だ。ヒューゴの子でもあるがな」

　おのれの妻子の人生が平安であることを望む側近は、たぶんものすごくいやがるだろうが、国王の妹と結婚したのだからしかたがない。

「ほかの、女の人は……」

「俺はリリしかいらない。後宮に住む寵妃はリリだけだ」

「そんなの、みんなが許さないよ」

「みんなってだれだ？　この国の王は俺だ。俺のことは俺が決める。だれにも口出しさせない。リリがいいんだ。リリだけだ」

リリの大きな目から、ぽろりと大粒の涙がこぼれる。

「ぼくも、ジーンがいい」

「そうか。嬉しい」

「ジーンだけ」

「愛している」

え、と固まったあと、リリの目から涙が溢れた。真っ赤な顔でぽろぽろ泣きながら、リリは必死で「ぼくも、ぼくも」とくりかえす。かわいくてたまらない。

ユージーンはそっと顔を寄せて、くちづけた。子供姿のリリとはじめて重ねた唇は、やっぱり涙の味がした。

どこかでかすかに、パキンと金属音が聞こえたような気がした。

「あ……」

リリが左手を持ち上げる。小指の指輪に亀裂が入っていた。一本だった亀裂は、みるみる四方八方へと広がっていく。あっという間に細かな金属片となって、床にほろほろと落ちた。

二人とも、しばし呆然と床に広がる金色の塵(ちり)を見つめる。

「……うそ……」

リリが呟いたときだった。ふわっと微風が渦巻き、ユージーンの前には大人のリリが座っていた。子供服は散り散りに破け、周囲をふわふわと舞っている。半裸のリリに、ユージーンは敷布を被せた。

「ジーン、指輪が外れた……」

「魔法が解けたのか」

もしかしたらユージーンの覚悟が指輪に伝わったのかもしれない。

成長を止めていた魔法は、リリ本人の気持ちよりも、それを受け入れる側の想いが重要な鍵になっていたとしたら――。

リリを悩ませ泣かせ、生きる意欲まで失いかけるほど追い詰めたのは、ユージーンだ。もっと早く腹を括っていたら、もっと早く指輪は外れていたかもしれない。一国の王としても、一人の男としても、あまりにも不甲斐ないではないか。

指輪がなくなった左手をまじまじと見つめて感動しているリリの前で、ユージーンは秘かに猛省した。

「僕、大人になれたの？　もう子供に戻らない？」

リリが喜色を浮かべて声を弾ませる。

「指輪が外れたのだから、もう戻らないだろうな」

「やった！」

もう二度と子供のリリに会えないと思うと、寂しい気持ちがある。そんなことは口が裂けてもリリには言えないが。

「これで、後宮に入ってもおかしくないね。僕、ジーンの寵妃になるんだよね？」

「そうだ」

二十歳のリリをあらためて抱きしめ、ユージーンは優しく唇にくちづけた。リリは恥ずかしそうにそれを受け入れ、ユージーンに凭れてくる。

「とりあえずリリは服を着ろ。俺はヒューゴに知らせてくる」

「はい」

元気よく返事をしたリリだが、「う……」と急に呻きだした。シーツを体に巻きつけたまま寝台から滑り落ちるようにして床に蹲ってしまう。

「リリ、どうした？　どこか痛いのか？　苦しいのか？」

魔法は解けたが、なにか体に異変が起こったのかもしれない。ユージーンは焦って抱き起こした。寝台に乗せ、リリの顔色を見る。リリは額に汗をかいていた。頬は上気して赤い。呼吸は荒かった。

「リリ？」

「なにか、変……。熱い……」

「どこが？」

「体が、熱い。あ、あ、あ……怖い、なに？　なに？」

リリが助けを求めるように手を伸ばしてくる。ユージーンはその手を握り、もっとよく顔を見ようと長い黒髪をかきあげた。その瞬間、いつもの何十倍、何百倍も強烈な、蕩けるように甘い匂いがユージーンに襲いかかってきた。

母にはめられた魔法の指輪が外れた。

まさかこんなふうに粉々になって外れるとは思ってもいなかったが、とにかく魔法が解けたのだ。我が身を縛る枷（かせ）のように思えていた指輪が左手から消え、母に似た細くて白い手にはなにもついていない。

求めていた光景に、リリは感動して胸がいっぱいになった。

（これでジーンの寵妃になれる。発情期が来たらうなじを噛んでもらって、番にしてもらえるかもしれない！）

脳裏に母の顔が思い浮かんだ。どうしたら魔法が解けるのか、はっきりと教えてくれないままに逝ってしまった母をすこしばかり恨む気持ちもあった。

けれど、母の魔法があったからこそ、いままで純潔を守ることができていたのもたしかだ。

離宮で生活をともにしていた侍従たちは全員ベータで、リリが普通に大人になって発情期を迎えていても、その匂いに我を失って襲いかかってくることはなかったかもしれない。

しかし、森の離宮を出てからの十数日におよぶ旅のあいだ、リリの貞操に関わる事件が起こらなかったのは、魔法のおかげだ。

(母さま、ありがとう。僕のために――)

あらためて母に感謝し、指輪がなくなった左手小指にそっとくちづける。

不意に、ドクンと胸が強く脈打った。

(え?)

体の芯が燃えるように熱くなってくる。

(なにこれ、熱い……)

酷(ひど)いめまいがして座っていることすらできなくなり、床に蹲ってしまう。ユージーンが寝台に乗せてくれた。胸がドキドキしている。手足が痺れたように力が入らない。そのくせシーツに擦れただけで皮膚がビリビリした。

「リリ、どうした? どこか痛いのか? 苦しいのか?」

心配そうに顔を覗きこんできたユージーンが、弾かれたように身を引いた。手で鼻を覆い、驚愕の表情をしている。

「ジーン……？」

ユージーンの顔がじわじわと赤くなっていくのを、リリは霞む目で見た。

「おまえ、もしかして発情期が来たのか？」

「えっ」

言われてすぐには意味がわからなかった。しかしユージーンの額にうっすらと汗が滲み、呼吸が荒くなっていくのを間近で見て、ハッとする。

「まさか……僕……」

発情期？　魔法が解けたとたんに、発情期が来たのか？

「こんなに、すぐ？　大人になったばかり、なのに」

信じがたいが、腹の奥が熱いのはなぜだ。股間の性器がいつのまにか頭をもたげている。一度だけ酔った勢いでユージーンに触れてもらった快感がよみがえってきて、ぶるっと背中を震わせた。またあれをしてほしくてたまらなくなってくる。

同時に、後ろの排泄口も疼いた。男性オメガはそこで性交すると知識はあっても、リリは用を足すとき以外に触ったことがない。むずむずして、じわりと湿ってくる感触がした。

「やだ……なにこれ……」

「おまえはもう二十歳だ。魔法が解けたのなら、いつ発情期が訪れてもおかしくない」

ユージーンはリリから一歩、二歩と離れる。ぐらりと上体が傾き、ユージーンは寝台横のチェストに手をついた。リリに背中を向ける。

リリには自覚がなかったが、オメガの発情香がアルファであるユージーンに襲いかかっていたのだ。

「ジーン、どこへ行くの」

「ヒューゴに、抑制剤を……」

寝室を出て行こうとするユージーンに、リリは悲しくなった。はじめての発情期に動揺し、さらに体が切ないほどユージーンを欲しているのに、彼は去って行こうとしている。

全身が疼いた。ユージーンの逞しい腕で抱きしめられたい。息ができないほど激しくくちづけてほしい。そして、あの立派な腰のもので尻を突いてほしかった。

なぜか、腹の中をユージーンの体液で満たしてほしいという欲望が生まれている。種を切望するのは、オメガの本能なのだろうか。

「ジーン、こっちに来て」

「いま抑制剤を――」

「待って、ジーン、僕をひとりにしないで」

体にこもる熱をどうしていいかわからない。両腕で自分を抱きしめ、両足をもじもじと擦りあわせて悶える。苦しい。この苦しみは、愛するアルファの種を腹の奥に出してもらわなければば解消できないと、知っていた。

　ユージーンと深い仲になりたいとは思っていても、リリは子供がほしいとまではまだ思えていなかった。それなのにいま、猛烈に子供を授かりたいと体が訴えている。

「行かないで、どうにかして、熱いの。すごく、熱い」

「行かせてくれ。このままおまえのそばにいたら、無体を働いてしまう」

「無体ってなに？　なにをしてもいいよ、ジーンになら、僕は――」

「ダメだ。おまえを愛しているからこそ、発情香にあてられて衝動のままに抱いてしまいたくない。リリは俺の寵妃になるんだ。いや、魔法が解けたなら正妃にするべきか。段取りを踏んで、おまえを正式に後宮へ迎えたい」

「ジーン……」

　しきたりなど無視して破天荒になんでも決めてしまいそうなユージーンだが、リリのために順序立てて物事を進めようとしてくれる気持ちに胸がいっぱいになる。

「ジーン、ありがとう、嬉しい……」

　リリは寝台を下り、なんとか立ち上がった。体に巻いていたシーツがはらりと落ちる。破れた子供服の布片をところどころにつけただけの半裸姿で、リリはチェストに凭れたまま動けなくなっているユージーンの背中に縋りついた。

　リリの発情にあてられてユージーンもアルファの体臭を濃くしている。リリは胸いっぱいに吸いこみ、恍惚とした。ますます高ぶってくる。

「ジーン、好き」

「……離れろ」

俯いたユージーンの額に浮いた汗は、玉のようになっている。途切れそうな理性をなんとか保っている様子のユージーンに、リリはときめいた。尻の谷間がじゅんと濡れたのがわかる。

さすがに自分でも、濃厚な発情香が立ち上ったのを感じた。

「こっちを向いて、ジーン」

「リリ、勘弁してくれ……」

「僕、ジーンと深く繋がりたい」

「そんなことを言うな。俺の我慢をだいなしにするつもりか」

「うん、我慢なんかしなくていいって思ってる」

ううぅ、とユージーンが喉の奥で獣のように唸った。

「ジーン、僕を愛しているなら、いまここで抱いてほしい」

「リリ……」

「あなたと番になりたい」

クソッと悪態をつくなり、ユージーンが身を翻してリリを抱きしめてきた。やっと求めていた抱擁が与えられ、リリは歓喜する。噛みつくような勢いでくちづけられた。唾液が甘い。発情期だからだろうか。舌を絡ませ、唾液をすすりあう。たまらなくなってリリはユージーンの首に腕を回した。

寝台に押し倒され、ユージーンの体が重なってきた。布ごしに熱くて固いものがリリの腹に押しつけられる。それだけで背筋がびりびりと痺れるほど感じた。舌を痛いほどに吸われながら、重ねた腹を卑猥な動きで刺激された。二人の性器がぶつかり、こねられ、擦られる。

「ん、ん、んーっ！」

急激に絶頂感がわき上がってきて、リリはくちづけながら達してしまった。がくがくと腰が揺れる。強烈な快感に自然と涙が滲んだ。リリにとって人生二度目の射精だ。解放された口で新鮮な空気を懸命に吸い、ぐったりと四肢を投げ出す。

ユージーンは体を起こし、そんなリリを凝視しながら服を脱いでいった。適度に鍛えられた逞しい肉体が現われる。ユージーンはまだ達しておらず、露わにした股間には隆々とした一物が反り返っていた。数日前に一度だけ目にしたユージーンの性器は、記憶にあったものよりも大きく感じた。

あれが自分の中に入ってきたら、どんな感じなのだろう。自分はいったいどうなってしまうのだろう。恐れよりも期待が大きい。ますます尻の奥が濡れてくる。

「リリ、本当にいいのか」

もう後戻りできないくらいに体が高ぶっているだろうに、ユージーンが再度尋ねてきた。

うん、とリリは頷き、おずおずと両足を広げた。どうしてもいまユージーンに抱いてほしいのだ。この思いをどうかわかってほしいと、態度で示したつもりだ。ユージーンの喉がごくりと音を立てた。

「リリ、俺のオメガ……。一生、大切にする」

覆い被さってきたユージーンは、広げた脚の間に腰を据え、リリの肌にまとわりついていた子供服の残骸を剥ぎ取った。そして尻の谷間に指を滑らせてくる。

「あ、んっ」

濡れそぼっていた窄まりは、ユージーンの指をすんなりと受け入れた。異物を挿入されるのははじめてなのに、痛みはない。つぷんと滑らかに挿入された指を、リリの窄まりはきゅっと締めつける。固い指先が柔らかな秘肉をかき回した。

「ああ、ああっ」

甘い快感にリリは悶える。しかし、指一本では足らない。二本だって足らないだろう。リリの体はもう熟しきっていて、逞しい男の剛直を奥深くまで埋めこんでほしいのだ。

もっとしてほしいと思っていたら、腰が勝手に動いていた。羞恥のあまり泣きそうになりながらも、腰を動かさずにはいられない。

どうしよう。もっと激しく、もっと太くて長くて熱いものでそこを埋めてほしい。

けれどそんなこと、恥ずかしくて言葉にできない。

「リリ、気持ちいいのか」

「もっと、ジーン、ああ」

ついねだってしまい、はしたなくて涙がこぼれそうになる。

「リリ、どうして泣く？　辛いのか？」

ユージーンの屹立はリリの大腿に押しつけられたままだ。一刻もはやく挿入したいだろうに、彼はリリの心情を優先しようとしてくれる。その優しさと、おのれの浅ましさに混乱しそうになった。

「ごめんなさい、はしたなく求めてしまって――」

「謝らなくていい。もしかして、もう入れてほしいのか？」

ためらいながら、リリは頷いた。そうか、とユージーンは汗をかいた顔で微笑む。

「では、まずは体を繋げよう。おまえにもっといろいろとしてやって、トロトロに感じさせてやりたかったが、それは後回しだ」

両脚をさらに広げさせられると、ユージーンがそこに屹立をあてがった。切っ先がぐっと入りこんでくる。ほとんど痛みもなく、ぬぷんと奥まで到達した。

「ああっ」

待ちわびていたものが与えられ、リリはのけ反って白い喉を晒しながらユージーンの肩に縋りつく。内部の粘膜が屹立にまとわりつき、もっと奥へと誘うように蠢(うごめ)いているのがわかった。

「く、リリ……これは……」

ユージーンが苦悶の表情を浮かべつつ、ゆるゆると腰を動かしはじめる。

「もっと、ジーン、ジーン……！」

「だが、おまえは、はじめてなのに――」

そのなまぬるい動きがじれったく、リリはユージーンの腰に両脚でしがみついた。もうはしたないだとか恥ずかしいだとか言っていられない。その長さでたくさん奥を突いて、その太さで粘膜をまんべんなく擦って、そのくびれで抉るように動いてほしかった。

「ジーン、おねがい、もっと来て！」

「リリ！」

吠えるように名前を叫んだユージーンは、箍が外れたように激しく動き出した。深く打ちこまれては嬌声を上げ、捻るように腰を引かれて粘膜を抉られてはすすり泣いた。

「ああ、い、んんっ、ジーン、ひ、ひぁあああっ！」

衝撃的な快感に、リリはまたたくまに追い上げられ、二度目を放つ。ユージーンも胴体を震わせてリリの体内に迸らせた。乱れた呼吸のまま、唇を重ねて舌を甘噛みしあう。繋がったまま、くちづけに夢中になっていれば、すぐに二人とも兆した。

ふたたび動き出す。蕩けきった場所がぐちゅぐちゅと濡れた音をたてた。ユージーンが大量に放った体液が、結合部から漏れ出ている。寝台の敷布をどれだけ汚そうとも、いまのリリには些末なことだった。もっと、もっとと腹の奥から渇望がわいてくる。

挿入されたまま体位を変えられ、リリは寝台に手足をついて獣のように後ろからユージーンに突かれた。胸の粒も指で弄られて、あまりの快感につい無意識のうちに逃れようと身をよじってしまう。

「リリ、可愛らしい乳首を触らせてくれ。こんなに健気に勃ちあがって、おまえがどれだけ感じているか俺に教えてくれる」

「やだ、ああっ、そんな、しないで、しないで」

「痛いか？　なら、こうすればどうだ」

「ああんっ」

ユージーンのしつこい愛撫をいやがり、寝台の上を這って逃げる。けれど陰部で繋がっているうえ、力強い腕で腰を掴まれて引き戻されてしまう。

やっと胸からいじわるな手が去って行きホッとしたところで、勃ちっぱなしの性器を握られた。気持ちよくて全身から力が抜ける。腕が萎え、がくりと肘をついた。尻だけを高くかかげた体勢になってしまい、ユージーンをさらに高ぶらせたことにリリは気づけない。

リリの性器はだらだらと体液をこぼしながら、尻を突かれる動きにあわせて揺れていた。それを握られ、くちゅくちゅと扱かれる。

「やあっ、あっ、ああっ」

快感に悶えると、体内のユージーンを締めつけてしまう。大きさと形をまざまざと感じ、リリはさらに燃え上がった。ぬるつく肉壺を、ユージーンが鍛えた腰の強靱さを発揮させてかき回す。なにをされても悦楽になった。リリはそれをひたすらに貪る。

「ああ、ああ、ああっ、ああんっ、いい、もっと、ジーン、いいっ」

「俺もいい、ああ、すばらしい、リリ」

「ジーンも、きもち、いいの？」

「とてもいい。こんな性交ははじめてだ。おまえだから、きっとこんなにいい」

過去のどんな相手との性交よりも素晴らしいと言ってもらえて、リリは嬉しかった。十歳も年上のユージーンがいままでどんな人と親しくしていたのか、リリは知らない。けれどいま、このとき、ユージーンはリリが一番だと思ってくれたのだ。

「ジーン、ジーン、あなただけ、すきなのは、あなただけ」

「リリ……」

「つがいにして……」

「俺から願いたいくらいだ。番にしてくれ」

背中に胸を重ねてきたユージーンは、長い黒髪をかきわけてリリのうなじに口を寄せた。

「リリ、いいか？　噛むぞ？」

「噛んで」

「リリ」

うなじをべろりと舐められ、背筋がじんと痺れた。ぐっと皮膚に歯を立てられる。

「ああっ！」

痛みと快感に惑乱しながら、リリは絶頂に達していた。体内のユージーンをぎゅっと締めつけ、放出をねだるように蠢く。呻き声とともにユージーンも達した。二回目でも大量の体液がリリの中に注ぎこまれる。まるで甘露をごくごくと飲むかのように、リリの粘膜は淫らに貪欲に動き、ユージーンを離さなかった。

寝台にどさりと崩れて横臥したリリに、ぴったりと添うようにユージーンも体を横たえる。

リリの中でドクドクと脈打つユージーンが嬉しい。振り向くとなにも言わなくともくちづけてくれた。

「ジーン、すき……」

「愛している」

乱れた呼吸が落ち着いてくる。リリの背中に密着したユージーンの胸から伝わってくる鼓動も、しだいに鎮まってきた。けれど、これで終わりたくない。

二度もユージーンの体液を注いでもらい、リリ自身も何度か達して疲れているのに、まだ足りないと思うのは発情期だからだろう。むずむずしている尻を振ると、ユージーンが笑った。

そしてうなじをそっと舐めてくる。噛まれたあとがぴりぴりと痛んだ。

「僕たち、番になったの？」

「なったと思う。ここに、俺の歯形がついた」

「嬉しい……」

首を捻って、またくちづける。ユージーンのくちづけは好きだ。柔らかくて優しくて淫らで器用で、リリを夢中にさせる。

「ジーン、どうしよう」

「なんだ？」

「すごく好き」

「俺のことか？」

「うん。大好き。愛している」

「俺もだ」

飽きずにくちづけをする。そのうちユージーンがぬるぬると腰を揺らしはじめた。心地よい揺れと快感に、リリはうっとりと目を閉じる。そのうち片足だけ持ち上げられて、また違った角度で奥を突かれた。粘膜がそれを嬉しがって、屹立に絡みついている。リリは浅ましく腰を振るのをやめられなかった。

「ああ、あーっ、あっ、そこ、そこは、あーっ」

「おまえの中は、なぜ、こんなに……っ」

「いい、そこ、感じる、ああ、あーっ、また、あーっ」

また絶頂に達して、リリはびくびくと背中を波打たせた。性器からはもうとろりと少量の体液がしたたるのみだ。けれど快楽だけは深い。酔ったような酩酊感の中で、射精を促すようにきつくユージーンを搾ってしまう。

「くっ」

低い呻きとともに、また体の奥で熱い濁流が渦巻いたのがわかった。それが刺激となり、リリは静かにのけ反った。陶然とした熱い吐息をつく。

「リリ、リリ」

名前を呼びながら顔中にユージーンがくちづけてくる。耳朶に甘く歯を立てられ、首筋にも舌を這わされ、リリは笑いながら官能の吐息をついた。

「くすぐったい」

「おまえは汗まで甘いのか」

睦言が楽しくて、体を離さないまましばらくいちゃいちゃした。繋がりを解きたくなかったが、どうしても喉が渇き、ユージーンがそっと腰を引く。拡がったまま閉じないそこから、せっかく注いでもらった体液がこぼれ出てしまうのがわかった。

「やだ、出ちゃう、ジーン、栓をして」

「あとでまた注いでやる」

「本当に？」

「おまえがほしがるだけ与えてやるから、ほら、水を飲め」

ユージーンが全裸のまま寝台を下り、水差しからコップに水を注いでくれる。それを受け取るために上体を起こそうとしたが腰に力が入らなかった。仕方がないと言いながらもユージーンは笑顔で、リリに口移しで水を飲ませてくれた。

コップで飲むより水が甘いのは、ユージーンの唾液が含まれているからか。

何度も口移しをしてもらううちに兆してきて、リリは舌を絡めて深いくちづけに持ちこみ、ついにユージーンの首に腕を回した。寝台に引きこむと、自分の上に重い体を乗せる。愛しい番の精悍な顔をじっと見つめた。もう腹の奥が疼いている。何度してもきりがない。快感を貪っている最中は羞恥心など忘れていても、ふとこうして我に返った瞬間、切なくなる。

「どうした、ほしくなったか」

「……はしたないね。ごめんなさい」

「謝るな。俺はリリが求める限り、応えられる。それだけの体力があると自負しているし、そもそも愛する者に求められていやがる男はいない。好きなだけほしがれ」

「でも……」

「俺に抱かれて気持ちよさそうにしているリリは美しい。俺の愛は、深まるばかりだ。なにも憂う必要はない」

「ジーン」

ユージーンの大きな愛に心を震わせ、リリは自分からくちづけた。両脚を広げて、ユージーンの胴体を挟みこむ。解れきって濡れそぼつ窄まりに、復活したユージーンの熱いものがぐっと一気に入ってきた。

「ああっ」

求めていた以上の快楽を与えられ、リリは激しく喘いだ。汗にまみれながら二人はきつく抱き合う。寝台の淫らな軋み音は、断続的に三日間続いたのだった。

ある朝、リリは目覚めたとき、世界の清々しさに驚いた。

カーテンの隙間からこぼれる陽光は眩しくきらめき、空気は清浄だ。体にまとわりつくようだった倦怠感はきれいさっぱり拭い去られ、微熱に包まれていた頭はすっきりしている。

隣に横たわっているユージーンの寝顔を、新鮮な気持ちで見つめた。

あれから何日たったのだろう、とリリは思い出そうとしたが、よくわからなかった。

(たぶん、四日目か、五日目?)

ずっとユージーンがそばにいて、抱いてくれていたのは覚えている。数え切れないほど性交した。途中、何度かユージーン以外の人の声を聞いたような気がするが、判然としない。ユージーンの手から食事を与えられたり、湯浴みをしたりした記憶がおぼろにあるので、あたらしい侍従やヒューゴが様子を見るために部屋まで来たのかもしれない。

（もしかして、みっともない姿を見られたのかな……。いや、ジーンはそんな僕を人目にさらしたりはしない。きっと隠してくれた）

発情期の飢えと渇きは凄まじく、強靭な精神と肉体を持つアルファがいなければ、とうてい耐えられそうにないということは身に染みてわかった。

（ユージーンがいてくれてよかった……）

はじめての発情期をなんとか乗り切ることができたのは、ユージーンのおかげだ。献身的にリリの相手をしてくれた。感謝してもしきれない。それに――。

（番にしてくれた）

おそるおそる、リリは自分のうなじを触ってみた。もう痛みはないが、歯形らしきあとがわかる。あとで、合わせ鏡で見てみようと思った。

そういえば……、とユージーンが最初は発情期のリリをなかなか抱こうとしなかったことを思い出す。きちんとした段取りを踏みたいと、発情香に抵抗していたユージーンの苦しげな顔を覚えている。ガイネス王国では、婚前交渉は厳禁なのかもしれない。

何日もリリのそばに居続けて数え切れないほど性交してくれたが、もしかして後悔しているだろうか。目覚めたら聞いてみたい。けれどすこし怖い。彼の想いを無視したつもりはなくとも、そういうかたちになってしまったのはたしかだ。

だとしたら、どうしたらいいのだろう。いまさらなかったことにはできない。リリとユージーンがなるようになったことは、ヒューゴをはじめ、護衛の騎士たちも知っているにちがいない。

「ん……」

ユージーンが呻き、細く目を開けた。起きているリリを見て、微笑んでくれる。素敵な笑顔にドキッとする。

「おはよう、リリ」

布団の中で抱き寄せられ、軽くくちづけられた。二人とも全裸だ。足を絡ませて、隙間がなくなるくらいにくっつく。

「ずいぶんすっきりした顔になっているが、発情期は終わったのか？」

「そうみたい」

リリはユージーンの逞しい胸に顔を埋める。発情期が終わっても、好きな男の体臭はいい匂いだ。胸いっぱいに吸いこんだ。

「たくさん抱いてくれて、ありがとう」

「こっちこそ、堪能させてもらった。楽しかったよ」

「楽しかったの？」

「ほしがるおまえは可愛かったし、大切な番のはじめての発情期だからと、ヒューゴは俺が寝室にこもるのを許した。心置きなくリリを抱くことができて、素晴らしい三日間だった」

くったくない笑顔でそんなふうに言ってもらえ、リリは泣きそうなくらいに嬉しかった。

ユージーンの表情から、誘惑に負けた後悔は微塵も感じない。もし悔やむ気持ちがあったとしても、おそらくリリのために完璧に隠してくれている。

「ジーン、大好き」

「俺もだ」

「あなたに出会えて、本当によかった」

ユージーンの頭を抱きかかえ、リリはぎゅっとした。お返しにユージーンもリリをぎゅっとしてくれる。

「さて、いつまでもこうしていたいところだが、そろそろヒューゴが痺れを切らしているころだ。俺とは何度か顔をあわせているが、リリの状態がわからなくてやきもきしていたからな。強引にここまで入ってこないとも限らない」

「僕の発情期が終わったって、わかるのかな」

「これだけ静かならわかるだろう」

ということは、発情期のあいだ、毎日朝っぱらから二人はいたしていたということか。

「立てるか？」

手を引かれて寝台を下りてみた。不思議なことに、体のどこにも異常はない。あれだけ性交し続けていたら、体中の関節や筋肉を痛めそうなのに。

二人ともガウンを身につけ、寝室を出る。隣の部屋にはヒューゴと侍従がいた。テーブルに朝食の用意が整っている。

ヒューゴは「おはようございます」と挨拶してから、リリの前に立った。そして深々と頭を下げる。

「リリ殿、我が王の伴侶になってくださって、ありがとうございます。私、ヒューゴ・ミルワードはあなた様に忠誠を誓います。この命あるかぎり、おふたりのため、国のために尽くします」

いきなり重々しく宣言されて驚いた。ユージーンに困惑の目を向けると、苦笑いが返ってくる。「こいつなりの祝福だ」と耳打ちされた。

「リリ殿、体調はどうですか。発情期は終えられたようですが」

「もう大丈夫です」

「立ち歩いても?」

「平気です」

「それはよかった。では今日中に王都入りしましょう。陛下、それでいいですね?」

「そのように準備してくれ」

かしこまりました、とヒューゴが笑みを浮かべる。

「ヒューゴ、とりあえず食事をさせてくれ。俺たちは腹が減っている」

「失礼しました。どうぞ」

恭しい手つきで椅子を引かれ、リリはそこに座った。どうやらヒューゴはユージーンとリリが番になったのを喜んでくれているらしい。

「食べながらでいいので聞いてください」

テーブルの横に立ち、ヒューゴは今日の予定を読み上げはじめた。リリの体調しだいで選択できるよう、いくつかの流れを作っておいたようだ。

「食事のあと、おふたりには湯浴みをしていただきます。その後、この街一番の髪結い師を手配しましたので、リリ殿は結ってもらってください。そして、私が用意した衣装を着てください。リリ殿、よろしいですね」

「あ、はい」

髪結い師に衣装とは。なんだか仰々しい王都入りになりそうな予感がする。

「リリ殿の衣装は、出来合いのドレスを購入して手直ししました。最高級のものを選びましたので、ご容赦ください。出来合いのものを着ていただくのは、これが最後です」

「え…と、僕はべつに衣装にこだわりはありませんけど……」

「リリ殿はもう陛下の伴侶です。私がその地位にふさわしい装いを整えますので、どうぞご安心ください」

つまりヒューゴはとても張り切っているのだ。何人たりとも逆らうことは許さないといった迫力に、リリは頷くしかない。

とにかく朝食のあと、言われるままに湯浴みをして、長い黒髪をきれいに結い上げてもらい、衣装を身にまとった。

それは絹糸と銀糸を撚った特別な糸で編んだ繊細なレースと、暖色系の染料で染められた濃淡がある薄絹で仕立てられており、商業都市の宿で大宴会を楽しんだ夜に着た衣装よりも凝っていて羽根のように軽かった。リリのほっそりとした体を包みこむレースと薄絹は、動くたびにひらひらと波を描く。

女性用のドレスを直したとヒューゴは言っていたが、そんなこと言われなければわからないほどにぴったりだ。ただ平均的な女性より二十歳のリリは身長が高いので、ドレスの丈が膝下までしかない。ドレスとおなじ薄絹で急遽仕立てたというズボンを穿く。さらに、女性の胸を強調するために開いていた胸元には、薄絹のリボンがたくさんつけられていた。

靴は踵が高くないものを用意してくれたので、歩きにくいことはない。

「どう？」

ユージーンの前でくるりと回って見せたら、「美しいな」と目を細めて褒めてくれた。

「まるで妖精のようだ。おまえの母はエルフの末裔だったな。夢のような美しさに、その血を感じる。俺を置いてどこかへ飛んでいくなよ」

「僕は飛べません」

「生涯、俺のそばにいろ」

「はい」

「愛している」

腰を抱き寄せられて、軽くくちづけられた。

微笑んだリリの頭には、金剛石がふんだんに使われたティアラが輝いている。王妃だけに受け継がれるガイネス王家の秘宝だと聞いた。ユージーンがヒューゴに命じて王城から運ばせたという。

「とても、とてもお似合いです」

この街一番の髪結い師だという中年の女性は、櫛を手にしたまま目を潤ませている。

「ああ、国王陛下の大切なお方の御髪を結わせていただけて、これ以上の喜びはありません。この仕事を続けてきてよかったと感激しています。もう思い残すことはありません」

まだ死ぬには早い年齢だろうに、とリリとユージーンは顔を見合わせて苦笑した。

「ご苦労だった。ヒューゴ、労(ねぎら)ってやってくれ」

部屋の隅で見守っていたヒューゴに促され、髪結いの女性はふらふらと出て行く。

「ジーンも、とても素敵です」

「そうか？」

「カッコよくて、ドキドキします」

リリは頬を染めて正直な気持ちを口にした。

ユージーンもいつもとちがう衣装を着ていた。旅のあいだは簡素なシャツとズボンと編み上げ靴に、革鎧とマントという出で立ちだったが、いまは最高位の騎士服だという黒い詰襟を着ている。金のボタンに金の肩章、腰に佩いた剣も黒い鞘に金の装飾が施され、白い絹の手袋をはめた姿は威厳に満ちていた。

旅の荷物には入っていなかったので、この一式も王都から持ってこさせたと聞いた。

ユージーンはリリを正妃候補として民と重臣たちに示すために、わざわざ体裁を整えてくれたのだ。段取りを踏めなかったから、せめてこのくらいは——とは、ユージーンは言わない。

ただリリを褒めて、愛を囁くだけだ。

「さあ、行こうか」

ユージーンが差し出してきた手に、リリはそっと自分の手を置いた。

部屋を出て、宿の一階へ下りていく。国王が宿泊していると公表したため、館内のいたるところに騎士が立っていた。旅に同行していた護衛の騎士だけでなく、王都から近衛騎士が呼び寄せられたらしい。

一階の正面玄関の前には、宿の主人が待っていた。にっこり笑ってユージーンに頭を下げる。

「騒がせてすまない。世話になったな」

「とんでもございません。またぜひ、お忍びでいらしてください」

リリもなにか声をかけようと思ったが、ここでは数々の迷惑をかけたために、どの点に関して詫びを言えばいいのかわからない。

「あの、食事がとても美味しかったです」

悩んだすえに、リリはそんなことしか言えなかった。ユージーンがクッと声を殺して笑う。

宿の主人は満面の笑みになり、「ありがとうございます。料理長に伝えておきます」と返してくれた。

「わあ、すごい」

宿の玄関前には、豪華な四頭立ての馬車がとまっていた。黒光りする車体に金の装飾がきらびやかだ。ガイネス王家の紋章がしっかりと描かれている。四頭の馬はすべて白馬で、毛並みがすばらしくよかった。二人の御者は赤い上着と白いズボンという衣装姿で、ぴんと背筋を伸ばして座っている。馬車の周囲には近衛騎士が乗る馬が並び、玄関から馬車までのほんの十歩くらいのあいだには赤い絨毯が敷かれていた。侍従が馬車の扉を開けて待っている。

道の反対側には街の人たちがたくさん見物に集まっていて、ユージーンとリリに歓声を上げながら手を振っていた。ついリリは手を振り返す。とたんに「きゃあ！」と黄色い声が上がり、リリはびっくりした。

「さあ、乗ってくれ」

ユージーンに促され、馬車に乗りこんだ。ユージーンも乗ってきたので、リリは嬉しい。

「今日は馬で移動しないんですね」

「国王夫妻が別々に移動してどうする」

そう言って、手を繋いでくれる。夫妻、とリリは口の中でこっそりくりかえした。嬉しい。こんなに幸せでいいのだろうか。

にこにこ笑いがとまらない。そんなリリを見て、ユージーンも笑う。

「僕、ジーンの唇が好きなんです」

「そうか。俺もおまえの唇が好きだ」

王都に着くまで、リリは何度もユージーンにくちづけをねだり、そのたびに唇を重ね、そのたびに笑い合った。

王都では大歓迎を受けた。まるで凱旋の行進を出迎えるかのような、王都の住人たちの熱狂ぶりに、リリだけでなくユージーンも驚いている。

大通りの両脇にはたくさんの人が幾重にもなって立ち、「陛下、おめでとうございます」「お幸せになってください」と声を上げていた。リリは喜びで胸が熱くなった。

国王が伴侶を見つけて連れ帰ったことを、みんな喜んでくれているのだ。ユージーンが国民の信頼篤い国王だという証明のようで、リリは誇らしくさえあった。

「俺がしてきた政は、まちがっていなかったんだな」

ユージーンは途切れることのない祝福の声に耳を傾け、噛みしめるように呟いた。

「リリのことも民は受け入れてくれたようだ」

「それはジーンの功績あってこそだと思います。ありがとう」

「礼を言いたいのは俺の方だ」

馬車の中で、微笑みをかわしながらまたくちづけた。

これからはじまる慌ただしい日々のことなど予想もせず、リリとユージーンはひとときの幸福に浸った。

王城には救護院を退院したサリオラが待っていて、感動の再会を果たすことができた。

魔法が解けたリリを、サリオラは眩しそうに見つめた。

「こんなに美しく成長してくださっていたのですね。国王陛下の艶やかな黒髪と黒い瞳、王妃様の清らかな美しさ……。ああ、見事に受け継いでいらっしゃる。ここまで生き長らえてよかった」

リリとサリオラは、言葉にしなくとも離宮で死んでいった侍従たちに思いを馳せ、涙した。

ユージーンのはからいで、サリオラは特別に後宮への出入りを許可された。高齢のため侍従職は引退。王都内に屋敷を与えられ、老後を静かに過ごすことになった。

◇◇

最短日数で結婚式を挙げようと画策したヒューゴによって、翌日から怒濤(どとう)のごとく行事が組まれ、ユージーンは息つく暇もないほど忙しくなった。

通常の執務に加えていくつもの行事をこなさなければならず、愛しいリリと過ごす時間が削られる。挙式のためとはいえ、たまらずユージーンが側近に苦言を呈したところ、「リリ殿がいつ身籠もるかわかりません」と耳打ちされて黙った。

「さっさと式を済まさなければ、腹が大きい状態で式を挙げることになってしまいます。それではリリ殿の心身に負担がかかってしまう」

リリは後宮入りした十日後に、また発情期を迎えた。もちろんユージーンがずっとリリに付き添い、執務を休んで閨(ねや)にこもった。

オメガは一カ月から三カ月に一度の間隔で発情するらしいのに、十日は短い。医師に診せたところ、はじまったばかりのころは不規則になりがちだと言う。

リリが身籠もる、自分の子ができるという将来がまったく想像できないが、ヒューゴの懸念ももっともなので、ユージーンは粛々(しゅくしゅく)と仕事をこなした。

それから挙式までの一カ月のあいだに、リリはもう一度発情した。おそらくそのときに受胎したのだろう、リリは挙式を終えてすぐに寝付き、懐妊していることがわかった。

つわりに苦しむリリの手を握り、付き添っているユージーンも食欲をなくした。

その仲睦まじい様子は侍女たちの口から王都の民へと伝わり、国王夫妻の人気はさらに上がったらしいが、ユージーンとリリにとってはそれどころではなかった。


数年後。

後宮には子供たちの賑やかな声が響いていた。

光が降り注ぐ中庭で、リリは生後半年の赤子を抱き、義理の妹のアマリアと談笑していた。すぐ近くには、二歳になる女児ともうすぐ三歳になる男児が、乳母に見守られながら積み木で遊んでいる。

「あら、お兄様」

執務のあいまに後宮まで来たユージーンは、愛する妻子の幸せな光景をこっそり眺めていたが、アマリアに見つかって柱の陰から出た。

「リリ、気分はどうだ？」

一番に声をかけるのは、リリだ。昨日まで寝付いていたリリは、「とてもいい気分です」とほがらかに答えた。

「そうか、よかった」

リリの笑顔に嘘はないと判断し、ユージーンは安堵する。そして腕の中の息子アレクシィに微笑みかける。生後半年だがもう父がわかるのか、「だぁ」と喃語を発しながら手を伸ばしてくる。リリからアレクシィを受け取り、抱っこした。黒髪黒瞳の息子は髪と瞳の色はリリ譲りだが、目鼻立ちはユージーンによく似ている。

「あ、とうさま」

積み木で遊んでいた娘カトリーナがユージーンに気づき、とたとたと歩いて来た。嬉しそうに笑う金髪緑瞳の娘は、繊細な美貌がリリによく似て美人だ。いっしょに遊んでいたアマリアの息子ロベルトもやってきて、自分の母に甘えた。

「お兄様の留守中に発情期が来てしまったのは、大変でしたわね」

アマリアがリリに慰めの言葉を送る。

子を身籠もってから出産後まで、オメガの発情期は止まる。第一子の出産後、リリは一年近く発情期がこなかった。第二子出産後もそのくらいは期間が空くと思い、ユージーンはつい先月、外遊に出かけた。そのあいだに、リリの発情期が来てしまったのだ。

リリはいざというときのために用意してあった抑制剤を服用したが、それがあまり体質にあわなかったらしく、体調を崩して寝付いた。十日ほど安静にし、昨日やっと床上げしたところだった。

「つぎの発情期には、またべつの種類の抑制剤を試してみるつもりです」

「いや、薬で無理に抑えなくてもいい。俺ができるだけ王城にいればいいのだから」

「そんなわけにはいきません。あなたは国王なのですから。今後のためにも、自分にあう薬を探しておくことは大切です」

リリは凜とした口調できっぱりとそう言う。リリは強くなった。そしていっそう美しくなった。二人の子を産んだリリは、しなやかでたくましい国母に成長したのだ。

「さすがだわ、お義姉様。お兄様、もっとしっかりしてくださいね」

アマリアは年下の義姉になったリリが大好きで、子連れでたびたび後宮まで遊びに来ている。リリもそれを歓迎していて、従兄弟関係になる子供たちを仲良く遊ばせていた。

そこに、侍女に案内されてサリオラがやって来た。

「国王陛下、おひさしぶりでございます」

杖をついて歩いているサリオラだが、頭はまだはっきりしており、滑舌も悪くない。月に二度ほどの頻度で後宮を訪問している。

「サリオラ、よく来てくれました」

リリが歓待して中庭の椅子に座らせる。娘のカトリーナはサリオラに懐いており、「じい」と呼んで足にまとわりついた。サリオラが蕩けるような笑顔になり、「王女殿下、じいの膝に来ますか？」とカトリーナを膝に抱っこする。

執務に戻らなければならないのだが、まだしばらくはここにいたい。

かつて、ユージーンは妻子をもつことに消極的だった。家族を得て臆病になるのが怖かったのだ。なにも持たず、守るべきものがない状態が、一番強さを発揮できると考えていた。

しかし、リリを愛し、子をもってから、それはまちがっていたとわかった。

守らなければならない存在がいてこそ、強くなれるのだ。

息子の重みを腕に感じ、娘の笑い声を聞きながら、ユージーンは愛するリリに無言で微笑みかける。なにも言わずとも気持ちが通じるのか、リリが花のような笑顔を返してくれた。

この幸せを守るために、ユージーンは命のかぎり善政を敷こうと思うのだった。

おわり

あとがき

こんにちは、はじめまして、名倉和希です。ダリア文庫「秘密の純真オメガと溺愛王」を手に取ってくださって、ありがとうございます。

なんと、はじめてのオメガバースものです。これだけBL界にオメガバース設定があふれているのに、いまさらはじめてって……！　いったいなにごと？

いやべつに、特別な心境の変化があったわけではなく、なんとなくです。書いちゃおうかな、という軽いノリで書いちゃいました。とても楽しかったです。

基本設定はオメガバースですが、まあストーリーはいつもの「年の差溺愛もの」でございます。私はコレが大好物なので、あたらしい話を考えるとき、頭の中でどれだけいろいろとシチュエーションをこねくりまわしても、いつも「年の差溺愛もの」に落ち着いてしまうのです。

おかしい、違うものを書こうとしていたのに、なぜこうなる？

不思議だと思いつつも、担当さんに書き上げたプロットを提出するわけです。するとだいたいOKが出てしまう。担当さんがOKなら、書いても大丈夫なのだろう、とニヤニヤはぁはぁしながら書くことになります。

はい、変態です。変態が書いた本を読ませてしまって、すみません。でも、もし少しでも面白かったと思ってくれたのなら、他の本も読んでくださいね。たくさんあります。

今回、愛らしい純真オメガとカッコいい溺愛王を描いてくださったのは、蓮川愛（はすかわあい）先生です。お忙しいところ、ありがとうございました。素晴らしいイラストが送られてきて、眩しすぎて直視できないくらいでした。いや、ふざけているわけではなく、マジで。

あまりにもありがたかったので、紙にプリントアウトして毎日拝んでいます。心の栄養になります。妄想が膨らんで、仕事がはかどります。心から、本当にありがとうございました。

さて、この本が世に出るころ、少しは暑さが和らいでいるでしょうか。今年はまたとんでもない暑さでしたね。みなさん、体調は崩しませんでしたか。お仕事などでやむを得ないこともあるでしょうが無理はせずに、適度に休みましょう。そして適度に文明の利器に頼りましょう。私は遠慮なくエアコンを使いました。涼しい部屋でコツコツと原稿を書きました。エアコンって素晴らしい！　ありがとう、エアコン！　エアコンも拝んでおきました。

今年になってから、私は一人暮らしになっています。とうに成人していた娘と息子が家を出て行き、学生時代ぶりの一人です。一人でまともな生活が送れるのかな、やっていけるのかな、と不安でしたが、なんと快適すぎて笑いが止まりません。わははは。

小説家としてデビューしたとき、私はすでに二人の子持ちでした。五歳と三歳の子を抱え、家事と育児の合間に原稿を書き、それはもう目が回るような忙しさでした。子供たちが成長しても、学習塾やお稽古事、部活動や通学の送迎で多忙さは変わらず、毎日が分刻み。それでも原稿を書き続けたのは、ＢＬ小説が好きだったからです。デビューしてもう二十四年目。いまはじめて、一人で自由に時間を使って書くことができて、とても楽しいです。

ＢＬって素晴らしい。世の中、いろいろと理不尽なことがありますし、コロナ禍で思うような生活ができない方もたくさんいると思います。休憩時間にちょっとＢＬでも読んで、リフレッシュしてください。私の本はだいたい深刻な事態にはならないラブコメなので、余暇にぴったりです。

合い言葉は「こんなときだからこそＢＬ」

それでは、またどこかでお会いしましょう。

名倉和希

抱っこ最高…子供リリ大人リリどちらも楽しく
描かせて頂きました♡ ありがとうございました！
蓮川 愛

大企業を経営する家系に妾の子として生まれ、肩身の狭い思いをしている会社員の春輝。ある日、箏の演奏をするため参加したパーティで、セレブな美丈夫・ジェフリーと出会う。不遜な振る舞いの彼に、春輝は思わず怒りをぶつけてしまうが、後日ジェフリーがとある国の王弟であることを知る。最初は彼が苦手だった春輝だが、なぜか食事に誘われ何度か会ううち、誠実で献身的な姿に惹かれはじめ…。

初出一覧

秘密の純真オメガと溺愛王 …………………… 書き下ろし
あとがき ………………………………………… 書き下ろし

ダリア文庫をお買い上げいただきましてありがとうございます。
この本を読んでのご意見・ご感想・ファンレターをお待ちしております。

〒170-0013 東京都豊島区東池袋3-22-17　東池袋セントラルプレイス5F
(株)フロンティアワークス　ダリア編集部
感想係、または「名倉和希先生」「蓮川 愛先生」係

この本のアンケートはコチラ!

http://www.fwinc.jp/daria/enq/
※アクセスの際にはパケット通信料が発生致します。

秘密の純真オメガと溺愛王

2022年9月20日　第一刷発行

著　者
名倉和希

発行者
辻 政英
発行所
株式会社フロンティアワークス
〒170-0013 東京都豊島区東池袋3-22-17
東池袋セントラルプレイス5F
営業　TEL 03-5957-1030
http://www.fwinc.jp/daria/
印刷所
中央精版印刷株式会社